KB123999

로크미디어가
유혹하는
재미있는 세상

ROK
MEDIA
로크미디어

이것이 법이다

이것이 법이다 125

2021년 12월 3일 초판 1쇄 인쇄
2021년 12월 8일 초판 1쇄 발행

지은이 자카예프
발행인 김정수 강준규

기획 이기헌 왕소현 박경무 강민구
책임편집 최전경
마케팅지원 배진경 임혜솔 송지유 이영선

발행처 (주)로크미디어
출판등록 2003년 3월 24일
주소 서울시 마포구 성암로 330 DMC첨단산업센터 318호
Tel (02)3273-5135 **편집** 070-7863-8592 **Fax** (02)3273-5134
홈페이지 rokmedia.com **E-mail** rokmedia@empas.com

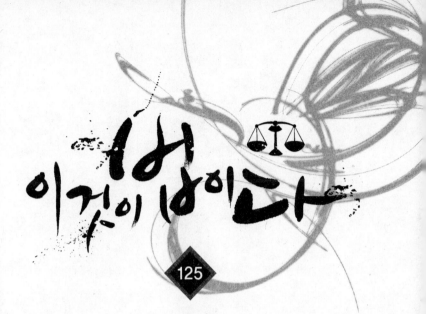

이것이 법이다

125

자카예프 장편소설

ROK
MEDIA
로크미디어

CONTENTS

최후의 적폐

한국은 강대국이 될 수 있다고 한다.

경제력을 보면 강대국이라고 할 수 있다.

하지만 다른 적폐들이 그 강대국으로 가는 길을 철저하게
가로막고 있다.

"정치와 사법과 언론이지."

조용히 모인 사람들.

송정한을 비롯해서 새론의 초창기 멤버들까지 다 모인 건
진짜 오랜만이었다.

"정치는 지금 피바람이 불고 있고."

노형진은 그동안 정치인들의 추문을 미친 듯이 모았고, 선
거철이 되면 그 추문을 모조리 공개할 생각이었다.

지금은 사람들이 홍안수 이후 그 어느 때보다도 강하게 개혁을 원하고 있기 때문에 그 추문을 이용해 사회적으로 문제가 있는 사람들을 공격하면 어렵지 않게 물러나게 할 수 있을 것이다.

설사 아니라고 해도, 제3의눈이 발족한 이상 그들이 멀쩡하게 정치하기는 힘들 것이다.

"검찰과 경찰에는 피바람이 불고 있고."

검찰은 노형진을 죽이려고 함정을 팠다가 결국 자기 함정에 빠졌다.

그 과정에서 검사들의 모가지가 우수수 떨어졌고, 힘이 빠진 상황에서 박기훈이 아주 낮은 기수의 검사를 검찰청장으로 선임, 결과적으로 기존에 있던 세력의 사람들이 모조리 나갈 수밖에 없는 상황을 만듦으로써 대대적인 물갈이가 시작되고 있었다.

"그리고 기자들도 어느 정도 정리되었지요."

과거에 기자는 진짜 언론 보도의 핵심이었다.

하지만 지금의 기자들은 따라쟁이 아니면 정치 팔이 또는 소설가 같은 놈들로 넘쳐 난다.

심지어 한 기사당 3천 원 받고 알바 하는 수준까지 기자의 수준이 떨어졌다.

그런 기자들에 대해 노형진이 소송을 불사하고 코리아 타임라인이 기자들의 추문을 계속 추적하자 조금씩 무너지고 있는 상태였다.

"남은 건 판사뿐이네."

국가의 권력인 입법, 행정, 사법 중 사법이란 어떤 문제에 대하여 법을 적용하여 그 적법성과 위법성, 권리 관계 따위를 확정하여 선언하는 일로, 당연히 모든 국민에게 평등하게 적용되어야 한다.

그러나 현재는 말 그대로 단 하나의 계층, 권력을 가진 계층만을 위해 법이 운용되고 있는 게 현실이다.

"언젠가는 판사들을 중심으로 모일 거라 생각했습니다."

노형진은 송정한의 말에 진지하게 대꾸했다.

"그놈들도 제 생각보다는 오래 버텼네요."

"다들 자기 권력을 놓기 싫었으니까 지금까지 버틴 거겠지. 하지만 제3의눈은 그들에게 치명타야. 자신의 부하가 그리고 자신의 동료가 자신의 부패를 감시한다는 걸 의미하니까."

부패한 놈들의 공통점은 그거다.

몰래 뭔가 하다가 문제가 생기면 부하에게 뒤집어씌우기.

"제3자에게 현금으로 그만큼의 돈을 준다. 그건 기존의 시스템을 완벽하게 무너트리는 거지."

불법에 이용되는 대부분의 사람들은 결국 토사구팽이 될 거라는 걸 안다.

설사 아니라고 해도, 일단 그 증거를 모아 두려고 하는 건 사람의 본성이다.

그리고 버려지는 경우 그걸 팔아서 자기 돈을 메꾸려 하는 게 인간이다.

"결국 똑같은 이기주의자들끼리 싸우게 될 수도 있지."

조직에 대한 충성심으로 그러는 사람도 있겠지만, 반대로 자신의 승진을 위해 그러는 사람도 있을 것이다.

그리고 그게 막힌다면 그런 자들은 자기들만의 이득을 위해 과거의 상관에 대한 배신을 너무나 당연하게 저지를 것이다.

"결국 돌고 돌아 법에서 처리하니까요."

결국 판사들이 그들의 죄를 판단하고 심판한다.

문제는 그 판사도 인간이며, 그것도 아주 부패하고 썩은 인간들이 많다는 것이다.

"판사의 권력은 절대적이니까 어쩔 수 없겠지만서도."

공식적으로 판사의 판결에 대해서는 대통령조차도 뭐라고 할 수가 없다.

그것도 1심 판결에 대해서도 말이다.

그 판결을 뒤집고 뭐라고 할 수 있는 곳은 단 하나, 상급심 뿐이다.

판사의 자율권을 보장해 주기 위해 그러한 구조가 되었는데, 이제 와서는 그 자율권이 절대적 부패로 다가오고 있었다.

"사법 시스템이 새론을 노릴 거야. 정보에 따르면 모든 자칭 피해자들이 판사들을 중심으로 뭉칠 생각인 것 같네."

"판결을 내리는 건 그들이니까요."

그러니 그들만 손아귀에 넣어 둔다면 사람을 죽여도 무죄 방면이 가능하다.

농담이 아니라 실제로 그렇다.

사람을 죽이고도 판사에게 정당방위를 주장하면, 판사는 피해자에게 불리한 증거는 철저하게 배제하고 가해자에게 유리한 증거만을 인정해서 풀어 줄 수 있다.

실제로 미국만 해도 부자병이라는, 공식적으로 인정도 되지 않은 병을 이유로 살인범을 풀어 주기도 했다.

판사의 절대적 권력은 결국 부패를 불러올 수밖에 없다.

"새론의 판결에 대해서는 아직 티가 안 나는 모양이군요."

"아직은 그러네. 새론에 돈을 맡겨 둔 사람들이 많으니까."

그 덕분에 새론을 향한 직접적인 공격은 아직 이루어지지 않았다.

"하지만 조만간 이루어질 걸세. 아마도 처음에는 노골적으로 공격하지는 않겠지."

그러기에는 상황이 너무 안 좋다.

박기훈이 사람들의 눈치도 보지 않고 신나게 칼을 휘두르고 있으니까.

"하지만 판사들이 상대라니 진짜 방법이 없네요. 우리가 아무리 범죄를 증명해 낸다고 해도 결국 그들이 인정해 주지 않으면 끝이니."

민시아 변호사는 아무래도 이번 사건이 걱정되는 모양이

었다.

"그게 문제이기는 합니다. 그렇다고 불법적인 뭔가를 할 수도 없고요."

판사들은 사법의 핵심이다.

그렇잖아도 그들을 건드려서 나라를 혼란스럽게 하려고 한 시도가 있었기에 그런 행위에 대해서는 정부에서도 심각하게 받아들이고 있다.

"만일 그들 개개인에게 협박이 들어가면 정부 차원에서 공격이 들어올 거야. 아무리 상황이 다급해도 판사들의 판단은 존중되어야 하네."

"이건 뭐 닭이 먼저냐 달걀이 먼저냐도 아니고."

존중하자니 조작된 판결을 내릴 게 뻔하고, 거기에 반발을 하자니 판사의 판결이 외부의 압력에 흔들려서는 안 된다는 가장 기본적인 법칙이 문제가 된다.

"자네는 어떻게 생각하나? 마이스터의 힘으로 찍어 누를 생각인가?"

마이스터라면 확실히 판사들에게 적절한 뇌물을 주거나 해서 사건을 무마하거나 결과를 바꿀 수 있다.

김성식은 노형진이 그 방법을 선택할지도 모른다고 생각한 것이다. 죽이거나 공격할 수 없는 대상이라면 방법은 회유뿐이니까.

"글쎄요. 그건 좋은 생각이 아닌 것 같습니다. 처음 시작은 쉽지만, 그다음에는 자연스럽게 그들에게 이권을 챙겨 주게 될 테니까요."

노형진도 판사들을 한번 정리해야 한다는 건 알고 있었지만 딱히 마땅한 방법이 없었다.

'진짜 협박을 해? 아니야. 그랬다가는 진짜 일이 커져. 군이 동원될 수도 있고.'

그렇다고 주변에서 정보를 캐내는 게 쉬운 것도 아니다.

국회의원 같은 경우는 그 아래에서 일하는 사람이 있고, 검사 같은 경우는 그 아래에서 조사하는 사람이 있다.

그러니 가짜 이야기가 나오거나 사건이 조작된다면 그 흔적이 남을 수밖에 없다.

그러나 판사는? 오로지 판단만을 한다.

그런데 그 판단이 옳은 건지 그른 건지 그걸 확인할 방법이 없다.

애초에 그 판단의 자격은 판사 말고는 그 누구에게도 인정되지 않는다.

'그런 상황이니 결국 모든 적폐는 판사에게로 쏠릴 수밖에 없지.'

정치적 적폐의 최후의 보루. 그게 판사다.

"일단 저는 판사들의 뒤를 캐는 건 의미가 없다고 생각하고 있습니다. 그들을 제압하기 위해서는 아예 다른 방법을 생각해 보는 게 맞을 것 같습니다."

"하지만 마땅한 방법이 없지 않나? 법적으로 안 되지만 돈을 주는 건 더더욱 안 되니 말이야. 경제적 압박 같은 건 의미도 없고."

노형진은 고개를 끄덕거렸다.

"하지만 모든 판사에 대한 수사가 시작된다면 어떻게 될까요?"

"그게 무슨 소리인가?"

고개를 갸웃하는 사람들.

그게 가능할 리가 없지 않은가?

스타 검사 프로젝트로 검사들을 어느 정도 확보한 새론이지만, 아무리 같이 일한다고 해도 그들이 어떠한 증거도 없이 판사들을 조사할 가능성은 높지 않다.

일부 검사들은 해 줄지 몰라도 대부분은 하지 않을 것이다. 스타 검사들이 새론을 선택한 이유는 출세하고 싶어서지 인생 종 치고 싶어서가 아니니까.

"제가 지금 확보하고자 하는 건 판사가 아니라 검사입니다."

"검사?"

"이 상황에요? 검사는 이미 어느 정도 정리되지 않았나요?"

"그래. 게다가 판사의 임기는 10년이야. 그 기간이 남은 상태에서는 그리 쉽게 정리될 수가 없어."

"맞습니다. 하지만 검사는 아니죠."

노형진은 빙긋 웃으며 말했다.

"지금 검찰은 난리가 났죠. 다들 아시겠지만 박기훈 대통령이 그들의 연공서열을 무시하고 40대의 젊은 검찰청장을 임명했습니다. 그 아래는 나가라는 의미였지요."

"그렇지. 실제로도 많이 나갔고."

다들 고개를 끄덕거렸다.

서열이 강한 검찰 내부에서 자기보다 스무 살이나 어린 상관이 소새끼 개새끼 하면서 욕하고 몰아붙이니 그 자존심 강한 검사들이 버티기는 힘들었을 것이다.

더군다나 얼마 전까지만 해도 '검사님, 검사님' 소리 들으며 돈 받고 성 접대 받던 이들이라면 더더욱 말이다.

그래서 적지 않은 숫자가 그만두고 나갔다.

"그러면 그 자리는 누가 채울까요?"

"당연히 하위직이 채우겠지. 그 수밖에 없지 않나? 검찰이 외부에서 다른 사람을 받아 줄 리가 없으니 말일세."

"정확합니다. 그러면 그 하위직은 또 누가 채웁니까?"

"음?"

다들 노형진을 바라보았다.

그러고 보니 그 부분은 생각을 못 했다.

하위직 검사는 상대적으로 힘이 없기에 신경 쓰는 대상이 아니기 때문이다.

"일반적인 상황이라면 사법연수원을 나온 사람들이 채우겠지요. 하지만 이제 사법시험은 사라졌죠."

물론 아직 사법연수원은 남아 있고 연수를 받고 있는 사법연수생도 소수 있다.

그런데 말 그대로 '소수'다.

로스쿨 체재로 넘어가면서 지속적으로 사법연수생을 줄였고, 그마저도 아직 사법연수를 종료하고 나올 시기가 아니었다.

"그들로만 검사를 보충할 수 있을까요?"

"턱도 없지."

그래서 검사는 외부에서 구해야 한다.

그런데 그 자격 조건은 다름 아닌 변호사 시험 합격자, 즉 로스쿨 출신이어야 한다는 조건이 붙는다.

"우리나라에서 가장 강력한 로스쿨 지원 시스템과 세력을 가지고 있는 게 누구일까요?"

"아!"

모두의 눈이 크게 뜨였다.

그건 다름 아닌 새론이다.

다른 로펌들이 로스쿨 출신들의 실력이 부족하다고 버리고 무시할 때, 새론은 법무 법인 하늘을 만들어서 로스쿨 출신의 변호사들을 받아들이고 자체적인 교육을 실시해 실력을 키우기 위해 노력했다.

당연하게도 로스쿨 출신 변호사의 실력이 가장 높은 곳이 바로 새론과 하늘이며 실적이 가장 좋은 것도 그들이다.

"현행법상 로스쿨 출신이 검사가 되기 위해서는 활동 기간이 필요하지 않습니다만……"

"실력 차이는 어마어마하지."

현실을 아는 것과 모르는 것의 차이는 아주 심각하다.

더군다나 새론은 사건을 조사하는 게 전문인 로펌이다.

당연히 법조문만 알던 변호사들과 다르게 검사처럼 사건을 통찰하는 능력이 자연스럽게 성장한다.

"지금 많은 검사들이 체포당하고 수사 중이며 알아서 나갔습니다. 승진을 통해 아래에서 올라가면 그 아래의 일선 검사 자리는 또 다른 누군가가 채워야 하지요."

아주 하위직이라 누구도 신경 쓰지 못했던 일이다.

"애초에 우리가 로스쿨 출신들을 적극적으로 키웠던 이유가 뭡니까?"

"그렇군. 우리도 그걸 잊고 있었네."

"시간이 많이 지났으니까요."

언젠가 사법시험이 완전 폐지되고 로스쿨 출신들이 사법 시스템을 완전히 점령하는 날, 새론이 그들과 함께 최고의 자리에 올라갈 수 있기 때문에 그렇게 공을 들여 로스쿨 출신을 키운 것이다.

"그리고 드디어 기회가 왔지요."

당장 수백 명의 검사들이 나갔고 수백 명이 승진한다.

거기에다가 범죄가 드러나서 체포당하는 검사까지 있는 상황.

"만일 지금 검사를 보충하지 못하면 검찰은 시스템이 정지 됩니다."

"로스쿨 출신들을 뽑을 수밖에 없겠군."

"네. 그것도 우리 쪽에 있는 실력이 좋은 변호사들을요."

실력은 자신 있다.

남은 건 그 안에 들어가는 것뿐이다.

"그러니 우리가 채용 과정에서 조금만 도와주면 되는 겁니다."

"뇌물이라도 뿌리자는 건가?"

"아니요. 뇌물을 뿌리는 건 의미가 없습니다. 밀어 넣어야 하는 사람들이 한두 명이 아닌데요."

"그러면?"

"로스쿨의 가장 큰 문제는 바로 권력과 부의 세습이지요."

권력과 부를 가진 사람이, 공부를 못해도 자연스럽게 검사가 되어 그 권력과 부를 이어받도록 해 주는 게 바로 로스쿨 제도의 문제점이었다.

원래는 그런 의도가 아니었지만 정치인들이 부와 권력의 세습을 위해 변질시킨 것이다.

"검사를 지원하는 사람들에 대해 우리가 간단한 조사를 해 주면 되는 겁니다."

"부를 세습하고자 하는 부패한 변호사들의 조사 말이군."

"맞습니다."

물론 돈이 많다고 해서 다 나쁜 사람은 아니다.

제대로 공부하고 제대로 된 마인드를 가진 사람이라면 돈이 있고 없고를 떠나서 판검사를 해도 상관없다.

"하지만 그렇지 않은 애들도 적지 않을 겁니다."

마약을 했거나 음주 운전을 했거나 과거에 추문 같은 게 있을 수 있다.

그런 걸 조사해서 공개해 버리면 그만이다.

"일종의 사회 검증 시스템이군."

"맞습니다. 그리고 그걸 하는 것은 당연히……."

"제3의눈이고."

송정한은 말하다가 갑자기 소름이 쫙 돋았다.

노형진이 말하고 있는 가장 핵심적인 문제가 뭔지 알았기 때문이다.

"아무리 하위 검사라고 해도 상위 검사에 대한 조사를 못하는 건 아니지."

당연히 그들은 상위 검사에 대한 조사를 시작할 테고, 그때는 검찰에 두 번째 피바람이 불 것이다.

사법연수원 출신의 끈이 없기 때문이다.

그리고 대부분의 로스쿨 출신들은 사법연수원 출신의 사람들이 자신들을 차별하고 있다는 걸 안다.

"뭉쳐서 모가지를 쳐 내겠군."

"그리고 그 대상에는 판사도 포함됩니다."

서로서로 좋은 게 좋은 거라는 말은, 그들이 서로 동기니까 가능한 거다.

사실 노형진도 사법연수원 출신 동기들의 도움을 받은 적이 있다.

물론 사건을 조작하거나 그런 건 아니지만, 재판의 편의 정도는 봐주거나 했다.

"판사들에게 사정없이 칼을 들이댈 테고."

"아무리 판사들이 뻔뻔하다고 해도 수천 건의 범죄에 대해 무죄를 선고할 수 있을까요? 그게 언론과 제3의눈을 통해 무조건 드러날 텐데. 더군다나 그들이 아무런 도움도 안 되는 하위직 판사들을 보호하려고 할까요?"

당연히 판사들은 자신의 권리라고 주장하겠지만 말이다.

"그리고 그다음이 문제군. 자네 계획이 이거였나?"

"그들이 거기에서 하나씩 나가게 되면 그다음은 뻔합니다."

당연히 그 자리는 채워야 한다.

그런데 여기서 다른 법이 문제가 된다.

현행법상 검사는 변호사 시험 합격 이후에 바로 신청할 수 있다.

그러나 판사는 실무 경험 3년 이상의 자격을 가지고 있어야 신청할 수 있게 되어 있다.

"그런데 지금 변호사들 중에서 그걸 하려고 하는 사람들이 얼마나 있을까요?"

일반 변호사로 3년 이상이 지났다면, 어지간하면 그럭저럭 실적을 올리고 안정적으로 활동하고 있다는 소리다.

그게 아니라면 신청해도 실력 부족이나 실무 경험 부족을 이유로 탈락할 테고 말이다.

결국 3년 차 이상 되는 변호사들 중에서 그걸 포기하고 가야 하는 사람들이 있어야 한다는 건데, 사법연수원 출신이 그걸 포기할 가능성은 매우 낮다.

왜냐? 3년 차 이상이라면 슬슬 돈을 제법 만지는데, 다시 판사로 들어가게 되면 결국 가장 바닥에서 일을 시작해서 온갖 구박을 다 받는 막내가 되기 때문이다.

사람들은 판사가 권력이 있기 때문에 당연히 돈도 많이 받을 거라 생각한다.

하지만 판사가 돈을 많이 받는 것은 아니다.

도리어 초임 판사의 경우는 매주 수백 건을 판결하면서 그 판결문을 써야 하기 때문에 힘들고 더러운 직업이다.

현실적으로 판사의 초임 월급은 300만 원 정도다.

그리고 3년 차 이상의 변호사는 어지간하면 그 정도는 번다. 애초에 사건 하나만 해도 버는 돈이 300만 원이니까.

"그러면 그걸 지원할 만한 사람은 누굴까요?"

"로스쿨 출신이로군."

장기적으로 보면 결국 검사든 판사든 모두 로스쿨에서 차지하게 될 수밖에 없다.

"명문이라는 건 그렇게 태어나는 거죠."

하버드가 처음 세워졌을 때부터 명문이었을까?

아니다. 그 학교를 졸업한 누군가가 먼저 자리를 잡고 그 아래로 들어오는 사람들을 당겨 줄 수 있었기에 명문이 된 거다.

"장기적으로 보면 우리가 초반 로스쿨 출신들을 꽉 잡은 덕분에 우리는 로스쿨계에서는 절대적 명문이 될 수 있을 겁니다."

검사든 판사든 하려면 당연히 새론으로 가서, 먼저 새론을 거쳐 간 사람들에게 일종의 심리적 가산점을 받고자 하는 것.

소위 말하는 '연'이라는 거다.

"그리고 이제 그걸 시작할 때가 된 것 같습니다."

"판사들에 대한 대대적인 정리를 하면서 말이지?"

"그렇습니다. 그러기 위해서는 검사들을 거기로 보내야지요."

드디어 검찰을 집어삼킬 시간이 된 것이다.

⚖️

검찰에서는 어마어마한 숫자의 사람들이 나갔다.

물론 안 나간 사람도 있다.

애초에 자기보다 직급이 낮았던 사람이 자기보다 높은 사람이 되는 경우 나가는 건 일종의 불문율 같은 거지 절대적인 법은 아니었다.

오광훈 역시 그걸 알기에 자기 후임이 승진했을 때도 뻔뻔하게 남아서 자리를 지켰다.

그리고 그렇게 버틴 사람들에게 드디어 기다리던 물건들이 도착했다.

"어이구야, 이게 다 뭐야?"

은밀하게 오광훈을 만난 노형진은 그에게 한 무더기의 서류가 든 가방을 건넸다.

"제3의눈에서 모은 검사들의 범죄 내역이다."

"범죄 내역? 그 새끼들 일생이 여기에 다 들어가 있다고 해도 믿을 양인데?"

"뭐, 일생 동안 저지른 범죄가 죄다 들어 있으니 틀린 말은 아니네."

노형진은 어깨를 으쓱하며 말했다.

"그러면 이걸로 내가 조사하면 되는 거야?"

"너뿐만이 아니야."

"응? 나뿐만이 아니라고?"

"그래. 나는 이제 사법 쿠데타를 일으킬 거야."

오광훈의 표정이 싹 변했다.

그리고 목소리를 낮춰서 말했다.

"그게 무슨 소리야? 쿠데타라니?"

친위 쿠데타로 나라가 뒤집어진 지 얼마 되지 않았다.

그런데 노형진이 입에 사법 쿠데타라는 단어를 올린 것이다.

절대 장난으로 할 말은 아니었다.

"기존의 사법 시스템, 정확하게는 그걸 유지하던 모든 놈들을 쳐 낸다. 한국 최후의 적폐 세력을 말이지."

"이게 그 첫 번째 작업이라고?"

"그래, 마지막 싸움의 시작이지."

노형진의 말에 오광훈은 가방을 물끄러미 바라보았다.

마지막 싸움의 시작.

아무리 죽었다 살아난 오광훈이라고 해도 부담스러울 수밖에 없는 말이었다.

더군다나 지금의 오광훈은 과거의 깡패가 아니다.

제대로 검사로서 배웠고 세상을 살았다.

"나뿐만이 아니면, 스타 검사들을 모조리 동원하겠다는 소리로군."

"간웅들까지 모두 동원할 거야."

"으음……."

간웅들은 검찰 내부에서 팽당한, 그래서 버려진 인간들을 뜻한다.

다만 다른 검사들과 다른 점이 있다면, 다른 검사들이 정의를 위해 저항하다 팽당한 거라면 그들은 자신의 이득을 위해 싸우다가 팽당했다.

그들은 노형진의 지휘 아래 그 모든 걸 상부에 뒤집어씌우고 정의로운 가면을 쓴 채로 아직 검사로서 내부에 남아 있다.

그들을 표현하는 다른 말이 바로 간웅이다.

"검찰 내부에서 대대적인 반격이 들어가는 셈이지. 스타 검사가 살아남든 아니면 그들이 살아남든."

"그게 가능할 거라 생각하냐? 나도 검사 여럿 처넣으려고 했다. 하지만 그때마다……."

"판사들이 문제였지."

노형진은 고개를 끄덕거렸다.

"그리고 여기에."

이어 새로운 가방을 건넸다.

그건 아까 전 검사들의 자료가 든 가방보다 좀 작았다.

"판사들의 범죄 내역이다. 아무래도 업무 특성상 충분한 자료를 확보하지는 못했지만."

"너, 작심했군."

"저쪽에서 칼을 들었다. 나도 그냥 당해 줄 수는 없지."

오광훈은 이해가 간다는 듯 고개를 끄덕거렸다.

조직 간의 항쟁이 시작되었을 때는 먼저 화해하자고 나서는 놈이 병신이다.

그럴 때 싸움을 끝내는 방법은 둘 중 하나가 죽든가, 아니면 제3자가 나서서 화평을 중재하면 못 이기는 척 받아들여 주든가뿐이니까.

"현직 판사뿐만이 아니야. 판사나 검사를 지망할 가능성이 있는 로스쿨 출신 변호사들의 이름도 들어 있다."

로스쿨이 부자들을 위한 놀음판이라고 불리는 데에는 다

이유가 있다.

원래 로스쿨생은 변호사 시험에 합격해도 어느 정도 연수를 받고 나서야 변호사 사무실을 오픈할 수 있다.

그런데 돈 없고 백 없는 대부분의 로스쿨생은 그 연수를 받는 것도 불가능하다.

그에 반해 돈 있고 백 있는 합격자들은 대형 로펌들에서 경쟁적으로 모셔 간다.

"그래서 그런 곳에 가 있는 놈들의 뒷조사를 했지."

그들이 고작 변호사로 인생을 끝낼 리가 없다.

분명 기회가 된다면 검사도 노릴 것이다. 당연히 판사도 노릴 테고.

"경쟁의 싹은 일찌감치 잘라 버리는 게 낫겠지."

"너, 무서운 말을 하는군."

"나도 가능하면 자라나는 새싹은 안 밟아. 하지만 그게 독초라면 미리 밟아 놔야지."

노형진의 말에 오광훈은 신음을 흘렸다.

"당분간 뒈지게 바쁘겠네."

"그래, 무척이나 바쁠 거다. 하지만 여기서 지면 영원히 집에서 쉬게 될 거다. 우리한테 칼 휘두르기 시작했는데 그 놈들이 스타 검사라고 그냥 두겠어? 너는 이미 우리와 같은 배를 탄 거야."

"그렇게 되면 네가 먹여 살려 주겠지."

노형진은 피식 웃었다.

"싫은데? 그러면 백자연이 너 무시한다."

"아, 쓰읍."

"변호사 되고 싶지 않으면 검사 노릇 잘해. 네가 변호사 되면 난 못 도와주니까."

검사야 정해진 법을 적용해서 기소하고 그걸 파고들면 그만이지만, 변호사는 온갖 조항과 판례를 뒤져서 승리를 이끌어 내야 한다.

조폭 출신인 오광훈은 검사로는 버틸 수 있을지 몰라도 사실 변호사로는 아무래도 무리가 있을 수밖에 없다. 조사하고 적용해야 하는 것들이 한두 개가 아닐 테니까.

"알았다, 알았어."

그렇게 말하면서 오광훈은 손을 휘휘 내저었다.

그리고 차가운 시선으로 가방을 물끄러미 바라보았다.

"내가 살기 위해서라도 저 새끼들은 죽여야겠네."

"그건 저쪽도 마찬가지일걸. 쿠데타라고 했잖아."

그리고 그건 절대 틀린 말이 아니었다.

⚖️

"이게 뭔 말이야! 아니, 검사들이 검사들을 고소해?"

"증거가 너무 많아서 어떻게 덮을 수가 없습니다. 제3의눈에서 제보가 들어왔다고 하는데…….”

“씨발.”

검사장들의 비밀 모임에서는 모두가 모여서 심각한 표정을 하고 있었다.

검사들, 그것도 반골 기질이 있거나 스타 출신 검사들이 동료 검사들에 대한 대대적인 공격을 시작한 것은 일주일이 되지 않았다.

하지만 그 일주일 사이에 조사를 받게 된 검사들의 숫자가 벌써 전국에 백마흔다섯 명이나 되었고, 그 숫자는 갈수록 더욱 늘어 갔다.

“아주 작정한 겁니다.”

“왜 하필 지금이야?”

“오광훈을 비롯한 놈들이 기회를 잡으려면 지금일 수밖에 없을 겁니다.”

“큭.”

검찰 내부는 사실상 제대로 돌아가는 게 없는 상황이었다.

일선 국민들이야 제대로 느끼지 못할 것이다. 사건 처리는 제대로 되고 있으니까.

하지만 신임 박기훈 대통령의 전격적인 공격으로 인해 윗선이 다 날아가는 바람에 검찰 내부는 극심한 혼란 상태였다.

물론 그들이 나갔다고 해서 그들의 파워가 줄어든 것은 아니다.

한국에는 전관예우라는 게 있으니까.

그러나 그것과 별개로 그들의 빈자리를 누군가 채워야 한다.

그 자리를 얻기 위해 각 파벌의 암투와 투서로 검찰 내부가 아주 대혼란인 상황에서 중간급이 되어 버린 스타 검사들의 반란은 생각지도 못한 문제였다.

"특별히 노리는 곳이 있는 건 아니고?"

"무차별적으로 제보가 들어온 곳에 대해서는 **확실하게 처리하고 있습니다.**"

"하지 말라고 해서 안 할 새끼들이 아니겠지."

이 상황에서 칼을 뽑았다는 건 끝장을 보자는 의미일 테니까.

"구속영장은? 구속영장은 신청 안 하던가?"

"당연히 했습니다. 검사라서 더더욱 구속의 필요성이 느껴진다고 하면서 구속영장을 신청했지만, 판사들이 다 걸러내고 있습니다."

"수가 적지 않을 텐데."

"언론이 과거 같지 않아서……."

과거에 검사를 처벌하는 비율은 0.03%였다.

즉, 누군가가 검사를 고발해도 그가 처벌받을 확률은 거의 없다는 거다.

그나마 저 0.03%도 증거를 아예 덮을 수 없는 사건들이거나 살인 등 강력 사건까지 포함된 것이니, 단순 고발로 들어온 사건으로 검사가 처벌받은 적은 단 한 번도 없었다.

당연하게도 그 배경에는 모든 걸 덮어 주는 언론이 있었다.

"언론이 노형진의 손아귀에 넘어간 후에는 그걸 부담스러 워합니다."

"부담스러운 게 아니라 자기들 대신 죽을 놈이 필요한 거 겠지. 망할."

"거기에다가 박기훈의 그 망할 언론 개혁 때문에……."

물론 언론 개혁에 관해서는 저항이 심하다.

일단 가장 큰 문제는, 언론은 개개의 회사이지 국가 단체 가 아니라는 거다.

하지만 박기훈은 그 해결책을 찾았다.

바로 언론에 지급되는 보조금이었다.

각 언론사에는 국가에서 어느 정도의 지원금이 나간다.

그런데 그게 올바르게 공급이 되느냐?

그렇지 않다.

엄밀하게 말하면 언론사에 들어가는 지원금은 작은 규모 일수록, 그리고 중립적이고 언론사로서의 소명이 인정되는 곳일수록 지급해야 한다.

하지만 한국은 그런 규칙이 없이 규모 위주로만 지급했다.

클수록 많이 가지고 가기 때문에 과거에는 언론사, 특히 신문사에서 발행 부수를 속이며 사기 치는 경우가 많았다.

그래야 광고비도, 지원금도 많이 받으니까.

하지만 박기훈은 거기에다가 '공신력'이라는 조건을 붙였다.

언론사들은 공신력은 지나치게 추상적인 개념이라고 거칠게 항의했지만, 박기훈과 민주수호당은 그걸 간단하게 정리했다.

노형진에게서 배운 대로.

바로 '증명하라'.

기사를 쓰면서 그에 맞는 증거를 같이 제출하라. 설사 그게 잘못된 기사라고 할지라도, 그렇게 속을 수밖에 없었던 이유를 대라.

간단한 문제고 정상적인 행동이었지만, 그것만으로도 언론사들은 난리가 났다.

지금 언론사들에는 제대로 취재라는 걸 해 본 기자가 10%도 남지 않은 상황이었으니까.

당연히 그들은 그 돈을 받기 위해 증명할 수 있는 기사를 써야 했다.

물론 의혹은 절대 쓰지 말라는 건 아니다. 다만 그게 너무 심하면 공신력에 마이너스가 될 뿐이니 적당히 쓰라는 거다.

그건 기사 내에서 증거를 가진 뉴스의 퍼센티지를 기준으로 판단한다.

그리고 지금 검사들의 비리 문제는 이미 증거가 사방에 터진 상황이다.

즉, 쓰면 쓸수록 소속된 언론사의 공신력 수치가 높아지는 거다.

"그렇다 보니 죄다 우리를 모른 척하고 있습니다."

"끄응…… 빌어먹을."

이제는 기자들의 먹잇감이 되어 버린 검찰으로서는 미치고 팔짝 뛸 상황이 되어 버린 것이다.

"이놈들을 마음대로 자를 수도 없고."

나가라고 압력을 행사해 봤지만 가뿐하게 씹어 버리는 스타 검사들과 배신자들.

"문제는 배신자가 갈수록 늘어나고 있다는 겁니다."

검사도 결국 승진하고 싶어 하는 인간이다. 그리고 윗자리가 빨리 빌수록 아랫사람의 승진 속도가 빨라지는 건 당연한 일이다.

"끄응……."

검사장들은 이를 박박 갈았지만 아예 통제에서 벗어난 하위 검사들을 이제 와서 통제하는 건 불가능했다.

"방법은 하나뿐이군. 판사들에게 이야기해서 무조건 기각시키라고 해."

"알겠습니다."

"사건이 잠잠해지면 그 새끼들에게 누명이라도 씌워서 쫓아내야겠어."

검사장들은 이를 빠드득 갈았다.

하지만 몰랐다, 그들은 이미 노형진의 손아귀 안에 떨어졌다는 걸.

"역시나 이렇게 나오는군."

검찰 내부와 검사에 대한 조사를 시작했지만 그 모든 걸 임의로 할 수는 없다.

검사가 수사할 수는 있지만 그 한계는 명확했다.

"야, 판사들이 영장을 하나도 안 내 주는데? 어떻게 하냐?"

오광훈은 머리를 북북 긁었다.

"예민한 정보는 하나도 못 얻어."

불러서 취조는 할 수 있지만 그들도 검사라서 취조 과정이나 방법에 대해 잘 알기에 그들의 말에서 증거를 찾을 수 있는 방법은 없었다.

"결국 그놈들의 아가리를 벌리지 않고도 잡아넣으려면 증거가 필요한데 그 증거가 없거든. 어쩌냐?"

구속영장, 수색영장, 압수영장, 심지어 계좌 조사 영장까지 단 하나도 나오지 않았다.

"전에 말했잖아, 예상했던 일이라고."

달라진 것은, 노형진이 선공하면서 그들이 어쩔 수 없이 카드를 꺼내게 만들었다는 점이다.

"이대로는 아무런 의미도 없어. 언론 쪽이 물어뜯기는 하지만 판사들은 아예 관심도 없는데?"

"당연한 거 아냐?"

판사가 왜 판사인가? 판단을 내리기에 판사다.

즉, 그들이 누군가의 인생을 파멸시킬 수는 있지만 정작 그들의 자리는 확고하기에 누구도 터치하지 못한다.

"사람이 타인의 눈치를 보는 건 타인이 자신의 인생에 영향을 미칠 수 있기 때문이야."

노형진은 빙긋 웃으며 말했다.

"하지만 판사는 절대적으로 영향을 받지 않지."

판사가 잘못된 판단을 내려도 판사 자신은 처벌받지 않으며, 판사가 풀어 준 사람이 수백 명을 죽여도 판사 자신은 관련이 없다.

"그러니 누구도 신경 쓰지 않지. 그럴 수밖에 없기도 하고."

노형진은 어깨를 으쓱했다.

"그러니 이제부터 너의 전문 기술이 필요한 시점이야."

"나? 내 무슨 기술?"

"정확하게는, 너의 전문 기술이라기보다는 기존 검찰의 전문 기술이라고 표현하는 게 맞겠지."

"음? 이해가 안 가는데?"

"아까도 말했지만 판사는 자신에게 영향이 오지 않기 때문에 그렇게 마음대로 하는 거야. 하지만 영향이 온다면 어떻게 하겠어?"

"영향을 안 준다면서?"

"그래서 전문 기술이 필요하다는 거야. 검찰이 가장 잘 쓰는 방법 중 하나가 뭔지 알잖아?"

"그게 내 주특기라고 이야기하는 걸 보니 아무래도 조폭들도 쓰는 방법인 모양인데……."

잠깐 생각하던 오광훈이 피식 웃었다.

뭔지 알아차린 것이다.

"그러고 보니 그 꼴을 검사나 판사가 당해 본 적은 없겠네?"

"그렇겠지. 그러니까 그게 얼마나 무섭고 피가 마르는 일인지 모를 거야."

노형진이 말한 방법. 그건 주변의 피를 말리는 것이다.

조폭들이 뭔가 빼앗을 때 많이 쓰는 방법이자, 판사와 검사가 뭔가를 얻으려고 할 때 쓰는 방법이기도 하다.

실제로 검사들이 누군가에게 죄를 뒤집어씌우기 위해 조금이라도 관련 있으면 피해자를 사기꾼으로 고소하라고, 그러지 않으면 너의 인생을 끝장내겠다고 협박한 적도 있으니까.

"주변 인물들이 누가 있겠어?"

"음…… 친인척이나 배우자 같은 사람들이겠지. 아, 이것도 문제네. 우리가 노리는 건 상급 판사들의 가족들이니까."

판사와 검사도 순수하게 사랑해서 결혼했을 수도 있다.

그러나 윗선, 그러니까 정치권이나 권력을 노리는 자들에게 있어서 결혼은 그 과정이자 도구다.

그래서 그들은 맞선을 통해 권력이나 돈을 줄 수 있는 집안과 손잡고 그쪽으로 나가려고 하는 게 아주 당연한 수순

중 하나다.

애초에 그쪽이랑 손잡지 않으면 위로 올라가지 못하는 게 현실이고.

업무를 통해 승진한다? 물론 어느 정도는 가능하다.

하지만 그 이상 가기 위해 필요한 건 실적과 지명도다.

문제는 양쪽 다 윗선의 지원이 없으면 불가능하다는 거다.

실적은 숫자가 아니라 중요한 사건을 다룬 경험이다.

잡범 백 명을 잡아 봐야 강력 사건 하나만 못하다.

그리고 그걸 배정해 주는 건 윗선 판사들이다.

말로는 랜덤 배정이라고 하지만 절대 아니다.

정확하게는 잡범 사건은 랜덤 배정이고 승진할 수 있는 주요 사건은 지정 배정이다.

"아마 이번 사건들은 대부분 정해진 판사들에게 배정되었을걸."

"그렇더라. 어떻게 알았냐?"

"승진하기로 되어 있는 사람들 중에서도 자기 파벌이나 자기랑 성향이 비슷한 사람들, 즉 무마할 수 있는 사람들에게 줄 테니까."

노형진은 차가운 목소리로 이어 말했다.

"그 주변을 털어. 친가, 외가, 사돈 상관없이, 먼지 하나라도 나오면 다 죽인다고 달려들어."

그들은 자신들이 잘났고, 그래서 혼자서 살 수 있다 생각할 것이다.

그러나 인간은 혼자서는 절대 살 수 없다.

"과연 얼마나 버티는지 두고 보자고."

⚖

검찰에 청구된 영장의 무조건적 기각.

그것은 당연히 노형진의 계획하에 언론에 새어 나갔다.

검찰, 범죄자들에 대한 영장 승인율 0%

검찰이라면 사람을 죽여도 무죄?

'검찰 공화국' 대한민국

검찰과 법원은 귀족인가?

불편한 뉴스들이 매일같이 법원을 성토하기 시작했다.

하지만 법원과 검찰은 철저하게 무시했다.

그들의 행동이 뜻하는 것은 간단하다.

권력은 영원하지 않다.

그리고 정권이 바뀌는 순간 너희들을 내가 죽이겠다.

'그게 수십 년 동안 살아온 방식이지.'

노형진은 뉴스를 보다가 모니터를 껐다.

그리고 넘겨받은 자료를 스윽 살폈다.

"이게 다입니까?"

"네, 부부장검사 이상의 가족들 전부입니다."

고문학은 침을 꿀꺽 삼켰다.

새론이 전쟁 상태에 들어간 건 알고 있다. 그리고 그 전쟁에서 이 서류들은 중요하고 핵심적인 자료가 될 것이다.

"세상이라는 게 참 웃기지 않습니까?"

"네?"

"아니, 우리가 구한 사람들을 우리가 죽이게 될 거라 생각이나 했겠습니까?"

아이러니하게도 이 자료들을 준 건 다름 아닌 검사들이다.

검사와 경찰 그리고 판사를 향한 테러가 한창일 때 가족들을 구하기 위해 대룡과 새론에 정보를 건네고 보호를 요청했던 것이다.

그런데 그 자료들이 이제 그들을 공격하는 데 쓰인다.

"도대체 이 사람들은 무슨 생각을 했던 것일까요?"

때리면 새론이 그냥 맞아 줄 거라고 생각했을까?

아마도 기존의 권력에 취해서 제대로 상황도 몰랐을 가능성이 크다.

"일단 바로 업무를 시작하지요."

노형진은 전화기를 들었다.

"로버트, 시작하세요."

인간은 끼리끼리 뭉친다

　검찰은 누군가를 말려 죽이기 위해 그 가족이나 친지 그리고 주변 인물들을 공격하는 걸 서슴지 않았다.

　그리고 그걸 허가해 준 것은 법원이었다.

　그런데 평소 하던 그 방법 그대로 자신들에게 공격이 들어올 거라고는, 그들은 예상하지 못했다.

　"소지호 씨, 그러니까 장충호 씨와 거래하시는 건 맞다 이거죠?"

　"네."

　"그 사람이 사기를 치거나 하려고 한 의사는 없고요?"

　"네."

　장충호는 서울북부지방검찰청장의 장인어른이었다.

제법 큰 기업을 하는 사람이었기에 당연히 거래하는 곳이 많았다.

오광훈은 그가 거래를 하던 모든 곳을 불러들였다.

"저기, 왜 이러십니까?"

"뭘요?"

"아니, 저도 눈이 있고 귀가 있는 사람입니다, 검사님. 장충호 씨는 잘못이 없어요."

"그래요? 하지만 고발자들의 말은 다르던데요?"

"네?"

"장충호 씨를 고발하신 분들은 장충호 씨가 빼돌린 돈만 100억이라고 하던데요?"

"그건……."

'당연하지. 너도 그거 받아먹은 놈이잖아.'

장충호는 자신에게 도움이 되는 사람에게는 돈을 꼬박꼬박 줬다.

당연히 그 과정에 불법적인 것도 있었다.

물론 억울한 피해자들은 검찰에 고소하기도 했다.

하지만 검찰에서는 그 모든 사건을 혐의 없음으로 종결 처리했다.

일부는 재정신청 등을 통해 법원에서 바로 재판할 수 있게 했지만 판사들도 막대한 뇌물을 받고 제대로 재판도 하지 않고 무죄로 방면해 왔다.

'하지만 그건 돈이 있을 때의 이야기지.'

오광훈은 피식 웃으며 말했다.

"소지호 씨, 눈이 있고 귀가 있으니 그럼 아시겠네, 지금 상황이 어떤지."

"네?"

"장충호 씨 사위분이 검찰에 계신 건 알죠?"

"당연히 알죠."

"그 사람이 마이스터랑 미다스를 건드린 것도 아세요?"

"……!"

일반적인 상황이라면 이런 이야기는 해서는 안 된다.

하지만 오광훈은 그들에게 이야기가 퍼져 나가기를 원하기 때문에 고의적으로 이야기를 꺼낸 것이다.

"마이스터에서 관련자들을 모조리 몰락시키기로 했습니다."

"모조리라고 하면……."

"조선 시대에 이런 말이 있었지요, 구족을 멸한다는."

"……."

"물론 지금에 와서 구족을 멸하는 건 말도 안 됩니다. 죽이지는 않겠지요."

오광훈은 빙긋 웃으며 말했다.

"'죽이지는'."

하지만 그 말을 들은 소지호는 얼굴이 창백해졌다.

노형진이 한국인들에 대해 말할 때 하는 말이 있다.

한국 사람들은 보복이나 복수를 너무 터부시한다고.

그래서 자신의 인생이 박살 나도 남에게 복수하지 못한다고.

"어떻게 보면 그게 한국인들 특유의 정서일 수도 있지요."

미국인이나 다른 나라 사람들은 만일 진짜 억울하다면 죽음을 불사하고 보복한다.

실제로 재판에서 진 후에 자신의 불도저를 탱크처럼 무장하고 판사와 변호사, 검사의 집을 박살 낸 사람도 있었다.

물론 그건 유명한 사건 중 하나이니 실제로는 그 정도까지 하진 않지만, 그저 억울하다는 이유만으로 판검사를 죽이려고 하는 사람들은 많았다.

"그렇기는 하지."

"그래서 제가 복수재단을 만든 거고요."

억울하게 당하고도 자신만 탓하면서 자살하는 게 한국 사람들의 성향이다.

하지만 그래서 진짜 죽어야 하는 놈은 살고, 살아야 하는 사람은 죽는 게 현실이다.

"검사야 그렇게 생각하지 않겠지만 판사는 그렇게 생각할 겁니다."

검사야 숱하게 당했으니 그렇지 않다는 걸 알지만 판사는 아니다.

사실 판검사라고 묶어서 표현하기는 하지만 둘의 소속은 완전히 다르다.

판사는 사법부 소속이고, 검사는 행정부 소속이다.

"그리고 제가 검사에 대한 보복을 시작하면 검사들은 코너에 몰리게 될 겁니다."

강남에서 뺨 맞고 강북에서 화풀이한다는 말이 있다.

검사들은 지금까지 철저하게 권력자들을 따르는 형태를 취해 왔다.

"그리고 저는 권력을 가진 사람이지요. 당연히 검사들은 이 상황을 해결하기 위해서는 무슨 방법이든 찾으려고 할 겁니다."

자신은 멀쩡할 수도 있겠지만 가족과, 특히 처가 같은 경우는 심각한 문제가 된다.

권력을 잃어버린 검사는 보호받지 못한다.

"검사들이 이쪽으로 넘어오게 된다 이거군."

김성식은 노형진이 노리는 게 뭔지 알아차리고 고개를 끄덕거렸다.

그의 경험에 따르면 검사들 중에서 권력에 저항하는 이는 극히 드물다.

그마저도 대부분 좌천당하는 게 현실이다.

"아마 지금쯤 오광훈 검사가 한 말이 다른 검사들에게 들어갔을 겁니다. 슬슬 압력을 행사하는 중이니, 주요 검사들과 검사장들은 피가 마르는 심정이겠지요."

검사 자리에서도 제대로 방어를 못 했는데 검사 자리에서 쫓겨나서 변호사가 되었을 때 과연 그들이 어떤 꼴을 당할지는 너무 뻔하다고 볼 수 있다.

"결국 그들은 저나 판사 둘 중 하나를 골라야 할 겁니다, 후후후."

"이런 미친……."

검사들은 모여서 진땀을 흘렸다.

자신의 부모, 자식, 친척 모두가 다 불려 가 조사받고 있다.

"이놈들 진짜 미친 거 아닙니까?"

"아무리 반기를 들었다지만 이건 선을 넘었어요."

화를 내면서 당장이라도 보복하자고 하는 사람들도 있었다.

"우리도 똑같이 해 줘야 합니다. 주변 인물들을 죄다 불러와서 감방에 처넣으면 저들도 느끼는 게 있겠지요."

"그만!"

그때 가운데에 앉은 한 명이 성토하는 검사들에게 크게 소리를 질렀다.

"자네, 그 말 진짜로 실천해 볼 생각인가? 자네가 작심하

고 주변 인물들을 불러서 인생 종 치게 하면서 입 닥치게 할
수 있나?"

그의 말에 방금 분노를 뿜어 대던 검사가 당황해서 더듬거
리며 변명을 했다.

"아니, 그게 안 검사님, 저도 너무 답답하니까……."

"답답해도 방법을 찾아야지! 뒤에 누가 있는지 몰라서 그
러는 건가, 아니면 멍청해서 그러는 건가?"

안 검사라 불린 남자는 끓어오르는 분노를 참으며 질문을
던졌다.

그러자 지금까지 마구 성토하던 다른 검사들은 말을 아낄
수밖에 없었다.

"……."

"생각 없이 입만 나불거릴 거였다면 여기에 참가하지도 말
았어야지. 우리가 이 문제를 해결하려고 모인 거지, 투정을
부리려고 모인 건가?"

"……."

그의 말에 모두의 시선이 아래로 향했다.

물론 그만큼 억울하기도 하고 또 보복하고 싶은 게 사실이
다. 하지만 상황이 결코 좋지 않았다.

"그래, 우리가 항의해서 그냥 넘어갔다고 치세. 그놈들이
이제 와서 '아, 우리가 잘못했으니까 공격하지 않겠다.'라고
하겠는가?"

안 검사의 말은 정확한 지적이었기에 다른 검사들로서는 답을 할 수도 없는 말이었다.

"그건……."

모두 말을 못 했다. 현실적으로 그럴 가능성은 없기 때문이다.

그 와중에 누군가 조심스럽게 손을 들었다.

"혹시…… 우리 계획이 넘어간 거 아닐까요?"

"계획이 넘어가다니?"

"법원 측과 이야기한 거 말입니다."

그 순간 갑자기 여기저기서 그에게 눈치를 주기 시작했다.

"어허!"

"크험."

"말조심하게!"

모두 그를 탓하려고 하자 안 검사의 옆에 있는, 나이가 지긋한 검사가 손을 들어 그를 말렸다.

"자, 자! 다들 좀 진정하시고. 이야기나 한번 들어 보죠. 도대체 왜 그렇게 생각하는 건가?"

"최 검사님, 저런 말은 들어 볼 필요도 없습니다. 겁을 먹고 꼬리를 말아서는……."

"일단 들어 보는 게 나쁜 건 아니지 않나? 그리고 안 검사 말 못 들었나? 이 상황을 해결할 수 있다면 무슨 방법이든 써야 되네, 이 사람아."

최 검사의 말에 젊은 검사가 조심스럽게 입을 열었다.

"새론과 노형진의 방식을 보면, 선공하지 않는 사람들에게는 그렇게 독하게 하지 않습니다. 하지만 지금은 둘 중 하나가 죽도록 싸우자는 부분을 정확하게 언급했습니다. 특히 기업가들과 결혼한 판검사의 경우는 그 처가에까지 공격이 감행되고 있는 게 확실한 상황입니다. 이미 일부는 넘어가기 직전이고⋯⋯."

"크흠⋯⋯."

그때 조용히 듣고 있던 누군가가 불편한 기색을 내비쳤다.

다름 아닌 서울북부지방검찰청장이었다.

그가 불편한 기색을 비치는 이유는 간단하다. 그 넘어가기 직전인 일부가 바로 그의 처갓집이었으니까.

"저⋯⋯ 죄송합니다."

그는 이 안에서도 상급자였기 때문에 설명하던 검사는 다급하게 입을 막으려고 했다.

하지만 의외로 그가 먼저 손을 들어 말했다.

"더 말해 보게. 뭐, 이제 와서 감출 수 있는 노릇도 아니고."

그리고 긴 한숨을 내쉬었다.

"장인어른의 회사에 금전적 압력이 들어오고 있네. 그 규모가 작지 않아. 그 뒤에 누가 있을지야 뻔하지 않나."

"⋯⋯."

"농담이 아니야. 상황은 심각해."

다른 사람이 조심스럽게 입을 열었다.

"사실은 제 동생에게도 압력이 들어왔습니다."

"압력?"

"네. 동생이 성형외과를 하고 있는데 장비를 제공한 업체에서 그걸 더 이상 못 빌려준다고……."

"그거……."

"한번 이렇게 당한 적이 있지요."

과거에 노형진이 써먹었던 방법이다.

그로 인해 병원 하나가 날아간 적이 있었고 말이다.

"제 사돈댁에서도, 운영하는 가게 주변의 가게들이 갑자기 50% 할인 행사를 한다고 하더군요. 사돈댁이 커피숍을 하는데 그 가격으로는 그 지역에서 월세도 감당 못 할 거랍니다. 그런데 그 방법, 그 복수재단에서 쓰는 방법 아닙니까?"

한번 시작되자 검사들은 너도나도 각자의 상황을 이야기하기 시작했다.

사실 다들 자존심 때문에 차마 말 못 하고 아닌 척하고 있었을 뿐이었던 것이다.

"다들 공격받고 있다는 거군."

분위기는 아까보다 더 살벌해졌다.

단순히 일부 검사들의 반란에 대응하기 위해 모인 자리였는데, 그 뒤에 누가 있는지 대놓고 증명되었으니까.

"자네는 어떻게 알았나?"

지청장의 질문에, 이야기하던 검사가 고개를 숙이며 말했다.

"저의 처가에서도 사업을 하는데…… 처가 이혼해 달라고 했습니다."

"이혼?"

"그쪽에서 사위 때문에 기업이 망하는 거라고……."

모두들 참혹한 표정이 되었다.

자신들은 아직 저 지경까지 가지는 않았지만 그렇게 될 가능성이 아주 높다는 걸 느낀 것이다.

"저희 장인어른 지인 중에 다행히 새론의 변호사들과 아는 분이 계셔서 연락했는데……."

"했는데?"

"무는 개는 못 키운다고 했답니다."

"……."

무는 개라는 게 자신들을 지칭하는 것이라는 걸 모를 리 없는 검사들은 기분 나쁜 표정을 지었다.

그러나 그 말뜻까지 무시할 수는 없었다.

"무는 개라……. 틀린 말은 아니군."

"청장님!"

"그렇지 않나. 우리가 뭘 하려고 했는지 빤히 아는 것 같은데."

권력자들은 자신들의 힘이 빠지고 새로운 권력자가 들어서는 걸 싫어한다.

그래서 검사들은 최후까지 발악하려고 했고, 결국 판사들과 손잡고 그들을 막으려고 했다.

"하지만 그쪽에서 그걸 안 모양이군."

"도대체 어떻게 정보가 샌 겁니까?"

"관련자들이 한두 명이 아니지 않나. 이 안에도 배신자가 있을지도 모르고."

"그럴 리가요."

"나중에 권력의 핵심에 앉을 수 있을 텐데?"

한국에서는 담합을 막기 위한 특별한 조항이 있다.

담합 기업들 중에서 첫 번째로 담합을 제보해 주는 기업에 대해서는 모든 처벌을 면제해 주는 조항이다.

그 조항의 의미는 간단하다. 서로를 못 믿게 하는 거다.

"이 안에서 그걸 증명하기 위해 검사의 자리에서 내려올 사람 있나?"

"……."

좌중에 흐르는 침묵.

당연히 그런 사람은 없다.

애초에 권력에 관심이 없었으면 묵묵히 도둑놈이나 잡고 있지 이런 모임에 참석하지도 않았을 것이다.

"우리 주변 사람들을 공격한다라……. 이거 뼈아프구먼."

사실 다들 알게 모르게 예상은 하고 있었다. 그러나 인정하고 싶지 않았던 것뿐이다.

자신들이 진다는 걸. 자신들은 이길 수 없다는 걸.

물론 처가와 주변 사람들을 무시하고 버틸 수 있을지도 모른다.

하지만 그게 무슨 의미가 있겠는가?

완벽하게 고립된 세상.

누군가와 어울린다는 이유만으로 인생이 파탄 난다면 누구도 그들을 불러들이지 않을 것이다.

그리고…….

'주변 놈들도 마찬가지이고.'

구족을 멸한다는 말이 무서운 건 진짜로 구족을 멸하기 때문이 아니다.

한국 역사에서 진짜로 구족을 멸한 경우는 없었다.

"사회적인 말살인가."

조선 시대에는 팽형이라는 처벌이 있었다.

사람을 삶아 죽인다는 거다.

물론 진짜로 잔인하게 삶아 죽이는 건 아니었다.

사람들이 조선 시대를 무시하지만 말년에 가서 탐관오리 때문에 힘이 없었을 뿐이지, 조선 시대 초중기는 다른 나라에 비하면 상당히 문명화된 시대였다.

팽형은 진짜 삶아 죽이는 게 아니라 커다란 가마솥에 물을 넣고 거기에 죄인을 담갔다가 빼는 것이었다.

그게 무슨 처벌이 되느냐 할지 모르지만 진짜 무서운 일은 그 이후에 벌어진다.

죽지는 않지만 사회적으로 말살되기 때문이다.

공식적으로 죽은 사람이 되고, 가족도 그에게 인사해서는 안 되며, 그를 위해 매년 제사를 지내야 한다.

그는 오로지 자신의 방에서만 살아야 하고 최소한의 끼니만 때우면서 진짜로 죽는 순간까지 철저하게 고립된 삶을 살아야 했다.

그게 바로 팽형이다.

"그래, 우리를 사회적으로 말살하겠다 이거군."

"설마……."

"우리가 했던 그대로 당하는 걸세."

모두 소름이 돋았다.

누군가를 말려 죽일 때 검찰에서 가장 많이 쓰던 방법이라 그 효과의 무서움을 알기 때문이다.

하물며 상대방은 마이스터다.

법적인 부분을 떠나서 금전적인 부분으로 봤을 때 사람을 말려 죽이는 것으로 그들을 따라갈 존재는 없다.

"우리보고 꿇어라 이거군."

"검찰을 뭐로 보고!"

"뭐로 보긴. 방금 말이 나오지 않았나, 개로 본다고."

"이대로 당할 수는 없습니다. 우리가 총공세를 한다면……."

"그러면? 지난번에는 안 그랬나? 지지난번에는 또 안 그랬나? 그때는 대통령조차도 죽이려고 달려들었네. 그런데 결과는 뭔가?"

언제나 노형진과 마이스터가 승리했다.

"경제적 보복이야. 그래, 자네는 이걸 어떻게 할 건가? 노형진에게 죄를 뒤집어씌울 건가, 아니면 죄를 조작할 건가? 미국에 있는 미국 기업인 마이스터를 압수수색 할 건가? 미국의 통상 압력은 어떤 방법으로 막을 건가?"

지청장의 말에 후배들은 입을 깨물었다.

"다른 재벌가는 한국에 자식이라도 있지, 마이스터와 미다스는 그런 것도 없어. 물론 노형진의 가족은 있겠지. 하지만 잊지 말게. 그는 마이스터의 공식 대리인이야. 그가 힘이 없어서 우리 가족을 못 죽이는 게 아니란 말일세. 다들 소문을 들어서 알지 않나. 일본 야쿠자에게 사기꾼의 채권을 판매하는 곳, 그곳을 만든 사람이 노형진이야. 그는 필요하면 범죄 조직과도 얼마든지 손잡는 사람이라는 소리야."

좌중에 공포감이 서렸다.

무차별적으로 가족과 법률 관계자들이 살해되었던 그 당시 사건. 그걸 해결해 준 것이 바로 노형진이었다.

"방법은 하나뿐이네."

"어떤……."

"꿇어야지."

"네?"

"왜, 검사라서 못 꿇겠나? 하지만 다른 재벌가들에게는 잘도 무릎 꿇지 않았던가? 그런데 왜 노형진에게는 안 되나? 다른 재벌도 그의 눈치를 보는데? 인정할 건 인정하세. 그는 이제 우리를 넘어섰어. 사실 이번 대통령인 박기훈도 그가 상황을 뒤집으면서 당선된 거 아닌가?"

이들이라고 해서 권력의 세계가 바뀐 걸 모를까?

아니다. 알고 있다.

다만 인정하기 싫었던 것뿐이다.

그러나 이제는 그 사실을 인정하지 않을 수가 없게 되었다. 그러지 않으면 최소한의 생존마저도 불가능하게 되었으니까.

"그러면 어떻게 해야 합니까?"

"어떻게 해야겠나? 우리가 가장 잘하는 걸 해야지."

씁쓸하게 말하는 남자.

"그의 적의 목을 '곱게 포장해서' 보내 줘야지."

검찰의 공격은 다음 날부터 칼날의 방향을 바꿨다.

그들은 언제나 권력을 추구했기에 그 권력이 어디에 있는지 알자마자 누구보다 빠르게 변질된 것이다.

"이게 뭔 짓입니까!"

검찰이 돌변하여 칼날을 겨누어 오자 판사들은 난리가 났다.

정치인들이나 여러 단체와도 손잡기로 한 것이 사실이나 가장 핵심 전력은 검사와 판사였다.

나머지는 시위나 기자회견은 할 수 있을지언정 법적인 힘은 없으니까.

"뭘 말입니까?"

자신을 찾아온 이호수 판사에게 지광철 검사장은 시큰둥하게 말했다.

"장인어른한테 연락받았습니다. 지금 선 넘는 것 같습니다만?"

이호수 판사의 장인은 법무 법인을 운영하고 있는 사람이었다.

그도 원래 판사였고, 20년 전 퇴직 이후에 법무 법인을 차려서 운영하고 있었다.

그런데 그런 그에게 체포 영장이 발부되었다.

그 이유는 유산의 횡령.

사망자의 유산을 정리하면서 은닉되어 있던 재산을 찾아내고도 그걸 유가족에게 돌려주지 않고 자신이 집어삼킨 것이다.

그 돈이 무려 22억.

"아니, 불법을 저질렀으면 벌을 받아야지요!"

이호수의 얼굴이 붉으락푸르락해졌다.

"야! 지광철!"

"야?"

"이 새끼가, 후배라고 적당히 봐줬더니, 뭐? 벌을 받아?"

이호수는 눈이 돌아갔다.

그가 누군가? 그는 판사다.

그의 판결은 절대적이며 누구도 항거하지 못한다.

"이러면 내가 너 하나 못 죽일 것 같아?"

"지랄하고 자빠졌네."

"뭐?"

지광철은 이호수의 발악에 피식하고 비웃음을 날렸다.

"너희 가족이 저지른 죄의 책임을 왜 내가 물어야 해?"

"뭐?"

"이거 제보, 어디서 온 것 같냐?"

이호수의 눈빛이 사나워졌다.

요 근래 들어서 퍼지던 소문이 있었기 때문이다.

"너 이 새끼, 제3의눈인지 눈깔인지에 붙은 거냐?"

"왜 아니겠니?"

지광철은 순순히 인정했다.

어차피 패배한 건 패배한 거다.

이길 수 없다면 고개를 숙여야 한다.

―충성된 노예는 사슬을 자랑한다.

지광철의 선배 검사가 해 준 말이었다.

처음에는 이게 무슨 말도 안 되는 소리인가 했다.

검사가, 그것도 수사 독점권을 가진 대한민국 검사가 노예라니.

하지만 얼마 지나지 않아서 알았다.

백 명의 검사가 달라붙어도 한 명의 정치인을 이기기 힘들고, 열 명의 정치인이 달라붙어도 한 명의 재벌을 이기기 힘들다.

'내가 멍청했지.'

자신이 권력의 핵심이라 생각했지만 정작 자신들은 권력을 이루는 가장 바닥이었다.

그리고 그 위로 올라가기 위한 방법은 하나뿐이다.

바로 그들에 대한 '충성'.

"네가 뭐라고 하든 이 사건은 못 덮어. 덮고 싶어도 이미 뉴스에서 취재해 갔고."

"뭐?"

"오늘 저녁 9시 뉴스다."

"이런 씨발!"

이호수는 화가 나서 눈을 뒤집고 밖으로 뛰쳐나갔다.

그리고 바로 법원으로 향해 법원장에게 찾아갔다.

"법원장님, 검찰 새끼들 너무 선을 넘습니다."

"이 망할 새끼들이 작심한 모양이군. 앉도록 하게."

법원장인 김기찰이 자리를 권하자 이호수는 그곳에 앉아 검찰을 욕했다.

"주변 판사들의 뒤를 이 잡듯이 뒤지고 있습니다. 이놈들, 분명 노형진 그 새끼 쪽으로 붙었습니다."

"검찰 아닌가? 배알도 없는 개들일 뿐이야."

김기찰은 그에게 차분하게 말했다.

"우리와 동급인 것처럼 행동하지만 결국 개일 뿐이지. 그놈들에게는 결정권이 없지 않나?"

"하지만……."

"걱정하지 마. 그놈들이 뭐라고 하든, 판단을 내리는 건 우리야."

그들이 아무리 고발을 해도 판사들이 무죄를 때리면 끝이다.

"그렇잖아도 위에서 이야기가 있었네."

"이야기라니요?"

"우리 쪽 사람들을 건드리는 건에 대해서는 무조건 기각이 나올 거야. 자기들이 어쩌겠는가?"

사건 수사를 하는 데 있어서 검찰은 법원의 허락을 받아야 한다.

그리고 모든 사건이 기각되면, 현실적으로 검찰이 수사할 수 있는 방법은 없다.

"하지만 이번에 검찰 뒤에는 노형진 그 새끼가 있습니다. 그렇잖아도 한번 손봐 줬어야 했는데."

"이제는 너무 거물이지. 걱정하지 말게. 지금부터 시작이니까."

"네?"

"검찰 전부가 노형진에게 붙은 건 아닐세. 우리 쪽에 붙어 있는 사람들도 있지. 그들이 움직이고 있네."

"설마?"

"그래. 결국 이번에는 누가 죽어도 죽어야 하네."

⚖

"일단 내 가족은 아니고."

노형진은 피식 웃으며 말했다.

그는 건드리지 못한다.

애초에 모든 검사들이 그의 편을 들어 줄 리야 없다는 것은 잘 알고 있었다.

그리고 그들의 방법은 뻔하다.

"가족들은 다 대피시켜 놨으니까 절대 손대지 못합니다."

아버지와 어머니, 그리고 누나와 조카들은 이미 비행기를 타고 미국으로 향한 상태다.

검사 중 한 명이 그들의 뒤를 캐기 시작했지만 조사할 수는 없었다.

"하지만 영장이 다 나오고 있잖아. 이거 괜찮겠냐?"

"에헤, 매형. 왜 그러세요. 옛날 깡 어디 갔어요?"

단 한 사람, 노형진의 매형인 박광석은 질려 버렸다는 표정으로 말했다.

"야, 내 처남이 너인 거 세상이 다 아는데 나는 멀쩡하겠냐? 말만 안 했을 뿐이지 내부에서 완전히 왕따야, 왕따."

"매형, 그런 거에 굴하는 사람 아니잖아요?"

그런 사람이었다면 판사가 되지도 못했을 것이다.

그는 회귀 전에도 학교 폭력을 근절하겠다면서 이를 갈며 공부해서 검사가 되었다.

그런 그가 이번 생에서는 방해하는 놈들 없이 공부에 집중해서 판사가 되었다.

하지만 주변에서는 그런 그를 좋게 생각하지 않을 게 뻔했다.

"지금 같은 상황에서는 당장 '너, 해고.'라는 말을 들어도 이상할 게 없어."

"아니, 10년간 보장되는 거 아시잖아요, 형님."

"알지. 하지만 그만큼 힘들다는 거지."

다른 가족들은 무직이고 방학이니까 어디로 떠날 수라도 있지만 그는 그럴 수가 없는 상황이다.

"법원 내부에서 거의 배신자 취급받고 있다니까."

"이참에 배신하시죠?"

"나도 배신하고 싶다. 그런데 내가 무슨 힘이 있냐?"

그나마 단독심 일거리에서 벗어났지만 아직은 주심을 보

조하는 처지다.

그런 그에게 권력이 있을 리가 만무하다.

"더군다나 예민한 사건은 나한테 전혀 안 주고 있다고."

"압니다. 그냥 속 편하게 계세요. 그곳에 있던 대다수는 조만간 못 보게 될 테니까요."

"너 진짜 무슨 짓 하려고 하는 건 아니지?"

"무슨 짓 할 거니까 형님을 뵈러 온 거 아니유."

"도대체 뭔 짓을 하려고……. 아니다. 말하지 마……. 말하지 마. 나 들으면 진짜 그 새끼들 등쌀에 못 이겨서 다 토해 낼지도 몰라."

손을 휘휘 젓는 박광석. 그는 질려 버렸다는 듯 말했다.

"상관없어요. 이제 모든 준비는 끝났으니까."

"판사 가족들 건드리는 거? 야, 이미 그쪽에서 이야기 다 끝난 거 몰라? 영장 절대 안 나와."

"알아요. 그건 뭐 언론에서 아무리 신나게 씹어도 나올 리가 없지요. 아마 지금 같으면 판사 가족은 살인을 저질러도 풀어 줄걸요."

농담이 아니다. 판사 가족이나 그 주변 인물은 절대 처벌받지 않는 상황이다.

"하지만 판사들도 돈이 막 샘솟는 건 아니거든요."

노형진은 빙긋 웃었다.

"형님도 당분간은 안전한 곳에 계세요."

"안전? 너 대체 무슨 짓을 하려고 하는데?"

"뭐 하긴요. 판사들이 절대 손에 넣을 수 없는 걸 가지고 압박할 겁니다."

첫 번째 목적은 판사와 검사의 사이를 틀어 버리는 것이었다.

그리고 그건 성공했다.

판사들은 검사들에게 제대로 엿을 먹이겠다고 작정한 상황이니까.

"그러니 이제는 판사가 다급해져 봐야지요, 후후후."

판사들은 국가의 보호를 받는다.

아니, 받아야 한다.

하지만 그 보호 밖으로 나가게 되면 어떻게 될까?

"어? 이게 뭐야?"

친구가 보낸 문자메시지를 고개를 갸웃하면서 열어 본 이호수.

순간 그의 온몸에 소름이 쫙 돋았다.

거기에는 그의 집 주소가 적혀 있었다.

그뿐만이 아니었다. 가족의 직장과 학교까지, 모든 게 다 적혀 있었다.

"야! 이거 뭐야!"

이호수는 다급하게 핸드폰을 들어 친구에게 연락했다.

-나도 몰라. 그런데 이상해서 연락한 거야. 이거 네 주소 맞잖아?

친한 친구이기에 그의 주소를 알고 있었다. 그래서 다급하게 연락한 것이고.

-제수씨 직장이랑 애들 학교도 맞아?

"맞아. 이거 어디서 난 거야?"

-지금 인터넷에 쫙 퍼져 있어.

"뭐?"

-인터넷에 쫙 퍼졌다고. 돈을 받고 범죄자를 풀어 주는 판사들이라는 명단으로.

이수호는 소름이 돋았다.

물론 거짓은 아니다. 적당한 대가만 있으면 형량을 낮춰 주는 경우도 많았으니까.

하지만 그걸 증명할 방법은 없었다.

모조리 현금으로 받았고, 물건도 현금으로 샀다.

증거도 없는데 어떻게 증명하겠는가?

그러나 그것과 별도로 자신의 일거수일투족이 모두 공개되는 것은 어마어마한 부담이었다.

"아…… 알았어. 야, 끊어."

그는 다급하게 일어났다.

돈을 주면 범죄자를 풀어 준다.

반대로 말하면, 돈만 된다면 무죄인 사람도 감옥에 넣어 준다는 소리다.

사실 실제로 종종 그런 일이 있기는 하다. 범죄자와 피해자를 바꾸는 거야 어렵지 않은 일이니까.

몇 가지 증거만 곡해하거나 인정하지 않으면 답은 쉽게 나온다.

더군다나 설사 그렇게 하지 않는다고 해도 판사에게 불만을 가진 사람이 없는 것은 아니다.

재판을 하다 보면 분명 그에게 불만을 품는 사람이 생긴다.

그중에는 진짜로 복수하기 위해 눈에 불을 켜고 있는 사람도 있고 말이다.

급격히 불안해진 이호수는 다시 김기찰을 찾았다.

"법원장님!"

"오, 무슨 일인가?"

법원장인 김기찰은 이호수가 들어오자 미소를 지으면서 자리에서 일어났다.

"왜? 또 검찰에서 지랄하나? 그놈들은 포기라는 걸 모르는군. 걱정하지 말라고 하지 않았나? 어차피 그놈들은 못 이겨."

"그게 아닙니다."

"뭐?"

"이걸 보십시오. 우리 주소가 다 새어 나갔습니다. 어떤 미친놈이⋯⋯. 아니, 뻔하기는 하지만, 노형진 이 미친놈이 우리의 개인 정보를 모조리 공개해 버렸습니다."

"무슨 소리야?"

김기찰은 핸드폰을 받아서는 화면을 슥슥 넘겼다.

그리고 얼굴이 창백하게 변했다.

거기에는 그 자신의 이름도 있었기 때문이다.

당연히 그의 가족과 그의 친척들의 이름도.

"이런 미친놈! 이거 당장 내리라고 해!"

"가능할지 모르겠습니다. 계속 인터넷에 올라오고 있다고 합니다."

"이게 범죄자들 손에 들어가면⋯⋯."

김기찰은 휘청거리면서 쓰러질 뻔하다가 간신히 의자를 부여잡고 버텼다.

"후우, 그래⋯⋯ 진정하자, 진정."

김기찰은 힘들게 심호흡했다.

"일단 가족들을 대피시키게. 아니, 그럴 필요는 없겠군. 자네 가족들, 대룡의 아파트에 입주해 있지?"

"네, 그렇습니다."

"그러면 그곳은 보안이 철저하니 별일은 없을 거야."

"그렇겠지요."

이호수는 고개를 끄덕거렸다.

실제로 보안이 철저하기로는 한국에서 제일 유명한 아파

트이기 때문에 걱정할 건 없었다.

하지만 현실은 그렇지 않았다.

띠리링.

그때 울리는 벨 소리. 핸드폰을 살핀 이호수는 침을 꿀꺽 삼켰다.

"뭔가? 표정이 왜 그래?"

"와이프가 문자를 보냈는데……."

"그런데?"

"집주인이 집을 빼라고 했답니다."

"그게 무슨 소리야?"

집주인은 다름 아닌 대룡이다.

현재 대부분의 사람들은 대룡에 월세 형태로 들어가 있다.

대룡은 적극적으로 팔려고 했지만, 불행히도 그 아파트는 지방에 있었기에 여러 가지로 인프라가 불편할 수밖에 없었다.

그래서 그곳에 입주한 판사나 검사의 가족들은 좀 안전해지면 그때 다시 서울이나 자신이 근무하는 쪽으로 옮기기 위해 구입은 하지 않고 월세나 전세 형태로 살고 있었다.

"그 집이 팔렸답니다."

"뭐?"

"그리고 집주인이…… 나가라고……."

정신이 어찔해지는 김기찰이었다.

잊고 있었다.

이것이 법이다

노형진이 가지고 있는 돈의 위력을 말이다.

⚖️

일반적으로 건물의 임대를 계약하면 일정 계약 기간을 지키는 것이 정상이다.

하지만 몇몇 경우는 그렇지 않다.

가령 집주인이 바뀌었고 그 집주인이 직접 살려고 하거나 리모델링을 하려고 한다면 그 집을 비워 줘야 한다.

당연히 거기에서 살던 이호수를 비롯한 판사들의 가족들은 난리가 났다.

자신들이 사는 곳이 드러난 상황에서, 보안이 확실하지도 않은 바깥으로 나가야 한다.

더 큰 문제는, 그렇게 쫓아내려고 하는 사람이 바로 가장 큰 원한을 가진 사람 중 하나라는 거다.

사실 판사들이 바보도 아니고, 그 정보를 공개한 사람이 노형진이라는 걸 모를 리가 없다.

하지만 상황은 그들의 예상과 다르게 흘러가기 시작했다.

"왜 수사를 안 하는 거야!"

법원과 검찰은 언제나 같이 묶여 있다.

그래서 찾아가려고 하면 언제든지 찾아갈 수 있다.

김기찰은 당연히 수사를 요청했다.

하지만 도통 사건이 진행되지 않았다.

"무슨 말씀이십니까?"

"우리 사건 말이야! 법원에서 고소한 사건! 왜 수사를 안 하느냐고!"

김기찰은 바로 옆에 있는 검찰청으로 가서 청장인 양학신에게 따져 물었다.

하지만 양학신은 천연덕스럽게 대답할 뿐이었다.

"아, 그 건요?"

양학신의 태도는 느긋하기 이를 데 없었다.

"최대한 서두른다고 하기는 하는데 말이지요. 아무래도 각 사이트에서 협조해 주질 않네요."

"뭐? 협조를 안 해 줘?"

"네. 아시다시피 저희가 그 자료를 달라고 청구해도, 법원의 명령을 통해 영장을 정식으로 받아야 하지 않습니까?"

양학신은 느긋하게 어깨를 으쓱하며 말했다.

"그런데 요즘 법원에 영장 청구를 하면 거의 100% 기각되는 판국이라서요. 특히 법원 가족과 관련된 사건의 경우는 대놓고 100% 기각이라, 저희가 그 영장 없이 수사하는 게 쉽지 않습니다."

"그걸 말이라고……!"

당연히 영장 없이 수사하면 사건이 진행될 리가 없다.

영장이 없으면 어떠한 정보도 공개하지 않아도 되도록 법적인 기반을 만들어 둔 것이 바로 법원이니까.

원래는 이런 사건이 일어났을 때 검찰에서 협조를 요청하면, 그 범죄가 확실하게 인정되는 경우 각 사이트에서 협조 차원에서 자료를 넘겨주곤 했다.

그런데 어떤 범죄자가 그 사실을 알고 자신의 정보를 넘겨준 각 사이트들에 손해배상을 청구했고, 법원은 검찰을 통제할 목적으로 아무리 사소한 사건이라고 할지라도 영장이 없으면 자료나 신상을 요구하지 못하도록 판결을 내렸다.

"그렇다 보니 안 줘요."

그 자료를 뿌리는 사람은 어마어마하게 많은데 수사는 진행되지 않는 상황이 되어 버린 것이다.

"후우, 알았네, 알았어. 이번 건은 영장을 내주라고 할 테니까 신청해."

마치 자신을 아랫사람 대하듯 하는 김기찰의 행동에 양학신이 피식하고 웃었다.

"그럴 필요가 있을까요?"

"뭐?"

"아니, 뭐 딱히 살인 사건 난 것도 아니고 납치 사건 터진 것도 아닌데 굳이 영장 청구까지야."

"너……."

양학신의 말에 김기찰은 얼굴이 딱딱하게 굳었다.

"아시려나 모르겠지만, 기본적으로 경찰이나 검찰의 사건 처리 방식은 사후 처리거든요."

아무리 자신이 위험하다고 말해 봐야 경찰이나 검찰은 기껏해야 순찰이나 늘려 주겠다고 하는 게 한계다.

엄밀하게 말하면, 사전에 사건을 막는 것에는 한계가 있기 때문이다.

누군가에게 스물네 시간 매달려서 살 수는 없지 않은가?

"그렇다 보니 사건도 없는데 굳이 영장까지 청구해서 뭘 하기에는……."

"이거 개인 정보 보호법 위반이야! 알아!"

"그렇기는 하지요. 그런데 건수가 다르잖아요."

"뭐?"

"고소하신 건 하나뿐이지 않습니까?"

양학신은 실실 웃으며 말했다.

"고소장의 기본은 아실 거라 생각합니다."

고소장에는 고소인과 고소 장소, 피해 장소, 사건 장소 그리고 시간과 대상이 특정되어야 한다.

쉽게 말해서 누가 언제 어디서 어떻게 무엇을 했는지 써야 한다.

인터넷 사건이라면 피해 당사자와 해당 사건이 벌어진 시간—정확하게는 그걸 발견한 시간—, 그 사이트 주소와 그 사이트 관리자의 연락처, 그리고 계정을 특정할 수 있는 ID 나 IP 또는 닉네임 등이 들어가야 한다.

"그런데 고소한 ID는 하나뿐이던데."

하지만 인터넷에 퍼진 주소 목록은 벌써 만 단위를 아득하게 넘어가고 있다.

"제대로 고소장을 써서 제출해 주십시오."

"너 이 새끼들……."

쉽게 말해서 판사라고 봐주는 거 없으니 규정대로 해서 제출하라는 소리였다.

"거절하시면 저희로서도 방법이 없고요."

판결은 판사가 하지만, 기소권은 검사가 독점하고 있다.

아무리 판사가 두렵고 걱정된다 해도 검찰이 기소하지 않으면 누구도 처벌할 수가 없다.

'당했구나.'

김기찰은 자신들이 어떤 상황인지 알았다.

그러나 이제는 해결할 방법이 없었다.

똥물 처리

판사들은 사회적으로 고립되고 있었다.

아직 성화에서 일으켰던 사건의 충격이 가시지 않은 상황이었다.

자신들이 표적이 되었고, 그나마 안전한 곳에서도 나가야 한다는 사실에 와이프들은 충격을 먹었고 몇몇 아이들은 공포에 경기를 일으켰다.

하지만 노형진은 가차 없었다.

"무조건 내보내세요. 거기는 은혜를 모르는 돼지들의 우리가 아닙니다. 그리고 솔직히, 돼지는 은혜를 압니다."

하지만 그들은 자신들의 기득권을 위해 감사함을 내던졌다.

"그리고, 아시죠?"

"네."

고문학은 고개를 끄덕거렸다.

그들이 어디로 가든 그들의 새로운 주소는 인터넷에 계속 갱신될 것이다.

그뿐만 아니라 그들의 일가친척까지.

"판사들의 분위기는 어때요?"

"완전히 얼어붙었습니다. 특히 순천에서 사건이 벌어진 후에는요."

순천에 있던 판사의 아버지가 누군가에게 린치를 당했다.

시골이라 CCTV도 없고 아무런 증거도 남지 않았기에 누구라고 특정할 수도 없는 상황.

상황을 봐서는 그저 판사에게 처벌받은 사람의 보복일 거라고 생각될 뿐이었다.

'사실은 아니지만.'

노형진은 사실 그 사건에 대해 안다.

이미 가서 범인을 추적해 보았기 때문이다.

판사들이 알아서 물러나게 하는 게 목적이지, 범인을 놔주려고 하는 게 아니니까.

그러나 노형진은 거기서 기억을 읽어 내고는 손을 털었다.

이유는 간단했다.

판사가 미워서 공격한 게 아니었다.

애초에 판사의 아버지가 자식만 믿고 지역에서 너무 심한 갑질을 한 게 문제였다.

결국 그 와중에 그 지역 동네 주민의 딸을 성추행한 일이 있었는데 아들인 판사가 그걸 덮어 주는 바람에, 그 보복으로 벌어진 사건이었다.

'뭐, 맞을 만하기는 했네.'

상대방도 죽일 생각은 없었는지 딱 이빨 두 개만 부러트리고 말았다.

하지만 그 원인을 모르는 판사들은 공포에 질려서 가족의 경호를 요구해 왔다.

"검찰에서 경호를 거절한 걸 놓고 뭐라고 안 하던가요?"

"뭐라고 할 수가 없지요. 아니, 그들이 무슨 권리가 있다고 경찰과 검찰에 경호를 요구합니까? 판사는 의전 대상도 아닌데."

일반인들은 경호를 요청해도 순찰이 한계다.

하지만 지난번은 상황의 특수성과 동일한 권력 집단이라는 점 때문에 검찰은 경찰에게 판사 가족들의 경호를 하도록 시켰다.

"그리고 수사 지휘나 명령권은 검찰에 있으니까요."

하지만 판사들은 아니다.

판사들은 경찰에 협조는 요청할 수 있을지언정 지휘권은 없다.

판사들은 겁에 질려서 검찰에 경호 요구를 했지만 검찰은 그 요구를 일언지하에 거절해 버렸다.

"이제 판사들이 할 수 있는 건 하나뿐이지요."

돈을 주고 가족들을 지키는 것.

그러나 판사들이 아무리 돈을 많이 받는다고 해도 그건 불가능하다.

"그리고 사람은 다급하면 실수하기 마련입니다, 후후후."

⚖

노형진은 판사들 중에서 주요 핵심 인물들에게 조용히 사람을 붙였다.

그리고 드디어 기다리던 일이 벌어졌다.

―이호수 판사가 룸으로 들어갔습니다.

"대상은요?"

―삼진건설의 손송태 이사입니다.

"제대로 잡았군요. 확실하게 잘 감시하세요."

삼진건설은 이호수 판사가 맡은 사건의 피의자다.

삼진건설의 회장이, 말을 듣지 않는다고 노동자를 구타한 사건을 그가 담당하고 있었다.

"돈이 없으면 돈을 구하려고 하는 게 인간의 본능이지."

노형진은 시동을 걸고 바로 내달렸다. 그리고 오광훈에게 전화를 걸었다.

"준비는 끝났다. 바로 달려와."

–오케이. 기자들은?

"이미 그쪽도 출발했어."

–영장은 필요 없지?

"나오기야 하겠니?"

–당연히 안 나오지. 현행범으로 잡아야겠네.

오광훈은 전화를 끊었고, 노형진은 더 이상 아무런 말도 하지 않고 그 술집으로 향했다.

그들이 도착했을 때 거기에는 이미 검찰과 기자들이 도착해 있었다.

"여기에 들어간 게 확실합니까?"

"네, 확실합니다. 7호실입니다."

이호수를 따라다니던 남자의 물음에 노형진은 고개를 끄덕거렸다.

그들은 최대한 발소리를 죽이고 안쪽에 있는 7호실로 다가갔다.

마침내 입구에 도착한 노형진은 품에서 뭔가를 꺼내 들었다.

그건 다름 아닌 청진기였다.

청진기는 소리를 확장시켜서 들려준다.

그걸 문틈에 대자 안에서 목소리가 흘러나왔다.

기자 역시 하나를 넘겨받더니 무슨 뜻인지 알고는 그걸 녹음기 바로 코앞으로 연결했다.

-판사님, 잘 부탁합니다. 저희 회장님이 저런 데서 고생하실 분 아닙니다.

-알고 있지요. 저런 분이야말로 나라에서 상을 받아야 하는데 개돼지 몇 대 때렸다고 저리되시다니.

-감옥에서 나오면 적절한 사례를 해 드리겠습니다.

-걱정하지 마십시오. 저는 애국자를 감옥에 보내는 사람이 아닙니다.

이런저런 공치사와 눈치 보기가 끝나고 드디어 결론이 흘러나왔다.

-이건 약소하나마 마음의 선물입니다.

-뭘 이런 걸 다.

그 순간 노형진은 물러나면서 고개를 끄덕거렸고, 오광훈이 문을 벌컥 열었다.

"약소하기는 한데 받아 둬. 어차피 정부에서 가져갈 돈이니까."

"너 뭐야?"

막 돈을 넘겨받던 이호수는 자리에서 벌떡 일어났다.

그의 앞에 놓인 가방에는 5만 원짜리가 가득 들어 있었다.

"휘유, 저게 다 얼마야?"

"너…… 뭐야? 너 뭐 하는…… 씨팔…….""

오광훈을 몰아내려던 이호수는 오광훈의 바로 뒤에서 자신을 바라보고 있는 다른 사람들, 즉 기자들을 보고는 얼굴이 새하얗게 변했다.

노형진은 그 틈에 잽싸게 다가가 돈을 끌어당겼다.

"007가방에 만 원짜리를 꽉 채우면 1억이 들어간다고 하지. 이건 5만 원짜리니까 5억이겠네."

"그건 제 돈입니다."

손송태는 황급히 노형진의 손에서 가방을 빼앗으려고 했지만 그 전에 수사관들이 먼저 그의 팔을 낚아챘다.

"미안한데 이제 우리 돈이야."

"당신들 뭡니까? 나가요! 나가!"

"우리? 검찰인데."

검찰이라는 말에 손송태는 침을 꿀꺽 삼켰다.

최악의 상황이 닥쳐온 것이다.

"우리, 할 이야기가 많을 것 같지 않아?"

손송태는 다급하게 이호수를 바라보았다.

그러나 이호수는 고개를 돌렸다.

모든 것이 끝났다는 걸 느끼고 있었기 때문이다.

⚖️

－삼진건설에서 준 5억의 뇌물은 회장의 출소를 위한…….

－삼진건설에서는 현재 어떠한 공식적인 발표도 하지 않고 있습니다.

─검찰에서는 이호수 판사에 대한 구속영장을 신청했으나 법원에서는 도주의 가능성이 없다면서 구속영장을 승인하지 않아…….

"진짜 독하네."

경호원의 월급은 어마어마하게 비싸다.

경호원이라는 존재는 목숨을 걸고 일해야 하기 때문에 더더욱 그렇다.

당연히 일반적인 판사의 월급으로는 감당하지 못한다.

그래서 다른 곳에서 돈을 구할 거라 생각하고 감시한 것이다. 이제 다른 판사들도 돈을 구하기 힘들어졌을 것이다. 이호수가 그렇게 하다가 걸렸으니 말이다.

"당연히 이쯤 되면 쓰러질 줄 알았는데."

이제 사건은 검찰과 법원의 파워 게임 수준을 넘어섰다.

전 국민이 다 알고 전 국민이 법원을 욕하는 수준이 되었다.

그러나 법원은 이 상황에서조차도 영장의 발부를 거부했다. 대놓고 풀어 주겠다는 거다.

"그게 가능한 거야?"

"일단은 가능해. 증거가 없으니까."

"증거? 무슨 증거? 아니 우리가 본 건 뭐, 귀신이냐? 우리 눈깔은 썩은 동태 눈깔이야? 녹음 파일도 있는데?"

"일단 그 녹음 파일은 법정에서 못 쓸 거야. 증거로 인정되는 녹음 파일은 당사자가 녹음하거나 영장이 있는 상태에서 녹음된 것이어야 하니까."

"뭐?"

"전에도 말했지만 증거를 선택하는 건 법원의 권리야."

녹음 파일을 불법이라는 이유로 인정하지 않으면 남는 건 돈뿐이다.

그런데 지금, 양쪽 다 그 돈이 구경 차원에서 꺼내 둔 거라고 이야기하고 있다. 말도 안 되는 개소리이지만 문제는 그걸 판사가 인정하면 끝이라는 거다.

"우리의 증언은 돈을 주고받았다는 게 아니야. 그냥 테이블에 돈이 있었다는 거지. 엄밀하게 말하면 구경을 위해 꺼냈다는 것도 가능한 거지."

"뭔 말도 안 되는 개소리를 그렇게 정성스럽게 하냐?"

"원래 법이라는 게 그런 거다. 더군다나 판사들이 그러는 게 한두 번도 아니고 말이지."

"와, 씨발, 이렇게까지 몰아붙였는데 진짜 뻔뻔하다."

"그러게. 솔직히 이쯤 되면 알아서 고개를 숙일 거라 생각했거든?"

가족들의 안위가 위험해지고 자신들을 도와주던 사람들이 다 떠나고 있다.

주변에서 그들을 멀리하기 시작했고, 심지어 이혼을 요구하는 가족들도 있다는 소문이 있다.

상황이 그런데도 판사들은 절대 꺾이지 않고 있다.

권력을 놓치고 싶지 않은 거다.

"그들도 아는 거지, 권력은 한번 놓으면 돌려받지 못한다는 걸."

검찰과 법원의 권력은 한국이 생기고부터 단 한 번도 부정당한 적 없다. 개혁도 되지 않았다.

"이번에 권력을 잃으면 다시는 못 찾아올 거야. 그러니 발악하는 거야."

노형진은 머리를 북북 긁었다.

"이렇게 되면 방법은 하나뿐이네."

"아니, 어떻게? 판사들이 물러나려고 할 것 같지는 않은데? 거기에다 자기 가족까지 죽여 버릴 각오를 하고 지키는 게 권력이라고."

"전에도 말했지, 권력은 아래에서 나온다고. 권력은 누군가 가지고 싶다고 해서 가질 수 있는 게 아니야. 아래에서 지지하지 않으면 그 권력을 가질 수 없지."

"설마……."

"그래. 그쪽에서 선을 넘으니 이쪽에서도 선을 넘어야지, 후후후."

⚖️

판사로 임용되면 하급심 판사에서부터 시작해야 한다.

당연하게도 하급심 판사들은 아무런 힘도 없다.

판사들의 권력을 유지하고 누리는 건 그들을 지배하는 소수의 권력형 상부 판사뿐이다.

그동안 노형진은 그 하급심 판사들의 주소는 공개하지 않았다. 어차피 권력투쟁과 별 관계가 없는 사람들이기도 했으니까.

그러나 그들이 선을 넘은 이상, 더는 봐줄 생각이 없었다.

"이게 뭐야?"

하급심 판사인 박용주는 집에서 나오다가 움찔했다.

자신의 집 앞에 수십 명이 모여 있었기 때문이다.

불안한 느낌이 들었다.

그때, 모여 있던 사람들이 갑자기 벌떡 일어나서 그에게 다가오기 시작했다.

"다…… 당신들 뭐야!"

"판사님, 저 억울합니다."

"뭐라고?"

"저 억울하다고요! 제가 사기당한 겁니다."

"아니에요! 저놈이 판사님을 속인 겁니다!"

"입 안 닥쳐?"

"판사님, 억울해요! 제발 살려 주세요!"

"판사님! 판사님!"

미친 듯이 몰려드는 사람들.

그들을 보고 박용주는 다급하게 다시 집으로 들어갔다.

그러나 박용주가 여기에 있다는 사실이 알려진 순간 모든 것은 끝났다.

"판사님!"

"제발 판사님!"

"제 이야기 좀 들어 주세요!"

울부짖는 사람들. 그들은 미친 듯이 벨을 누르며 고래고래 소리를 질렀다.

그들의 눈은 광기로 가득 차 있었다.

박용주는 다급하게 핸드폰을 들어서 법원으로 전화했다.

"나 박용주 판사인데, 지금 어떻게 돌아가는 거야? 왜 내 집 앞에 민원인들이 와 있느냐고!"

―아, 거기도 갔습니까?

"거기도?"

―말도 마십시오. 지금 하급심 판사들 집마다 민원인들이 왕창 몰려가서 농성하고 난리도 아닙니다.

"뭐? 그게 무슨 소리야?"

―하급 판사들의 자택 주소가 드러났습니다. 제대로 출근 하신 분이 아직 없으세요.

"아직 출근 시간이 아니긴 하잖아?"

―입구에서 봉쇄되었다는 분이 박 판사님 말고도 벌써 여섯 분이나 더 계십니다. 뭐? 김 판사님도? 이제 일곱 분이네요.

"뭐라고? 야, 그러면 난 어쩌라고? 여기서 나가야 할 거 아냐! 경찰이라도 보내!"

─경찰 쪽에서 가기는 할 건데, 단순 소란이라 우선순위가 밀려서 늦게 출동할 거랍니다. 그리고 경찰이 출동해도 딱히 제지할 방법이 없어요. 아시다시피 공용 도로에 그냥 있는 사람들은 막을 방법이 없어서…….

"아, 씨발…….."

현행범이라면 경찰이 체포하는 것이 가능하겠지만, 저들이 범죄를 저지른 것도 아니다. 저들이 자신의 집에 들어와 있는 것도 아니고 그저 입구에 죽치고 앉아서 마냥 기다리는 것뿐이다.

그런데 입구 바깥은 공도이기 때문에 그들이 뭘 하든 불법이 아니다.

"돌겠네."

박용주는 머리가 지끈거렸다.

⚖

관사들의 집으로 찾아간 민원인들이 판사에게 매달리면서 법원이 사실상 정지 상태에 들어갔습니다. 인터넷상에는 판사들에게 돈을 주지 않으면 사실상 무조건 패배라는 말이 돌고 있으며…….

신문을 보던 노형진은 그걸 '탁' 하고 책상에 올려놨다.

옆에 있던 김성식이 혀를 내둘렀다.

"사실상 법원이 정지된 거군. 최악의 위기야."

"그리고 일하지도 못하는 놈들에게 권력이란 의미가 없지요."

"그나저나 어떻게 한 건가? 애초에 하급심 판사들은 공개 대상이 아니었지 않나?"

"상황이 바뀌었으니까요. 윗선이 나간 뒤 아랫선이 올라가면 그 아래를 우리가 채우는 게 목적 아니었습니까?"

"그랬지."

"그런데 윗선에서 버티면 아래를 갈아 치워야지요."

노형진은 어깨를 으쓱하며 말했다.

"이렇게 말입니다."

그러면서 그는 책상에 있는 신문을 손가락으로 두들겼다.

"애초에 이 판사들의 집에 간 사람들은 사건 당사자도 아닙니다."

"뭐?"

"제가 보낸 사람들이지요."

그렇게 말하며 빙긋 웃는 노형진.

"그 사람들이 사건 이야기를 하면서 매달리면 판사들은 절대 그 말을 들어 줄 수 없습니다. 그런데 수십 명이 매달려 대니 그들을 뚫고 출근할 수도 없지요."

"그렇지."

"그리고 그 소문이 나면 어떻게 되겠습니까?"

"으음?"

"탄원서의 오류라고 해야 할까요?"

"탄원서의 오류? 아, 뭔지 알겠네. 이해가 가. 사람들이 다급해지겠군."

탄원서란 이 사람의 처벌을 약하게 해 달라 또는 처벌을 강하게 해 달라 등의 내용이 담긴 민원서류다.

거의 대부분의 형사사건에서 탄원서는 기본적으로 등장한다.

이유는 간단하다. 안 쓰면 손해 같으니까.

일단 가해자 측 가족이나 친구들이 탄원서를 써 주면 피해자 측은 그놈이 그 탄원서 때문에 처벌이 약해질 거라는 생각을 하게 된다.

당연히 반대로 강하게 처벌해 달라는 탄원서를 쓰고, 그 사실을 알게 된 가해자 측 사람들은 다시 탄원서를 써서 제출한다.

그러다 보니 탄원서가 미친 듯이 쌓이게 된다.

정치적 사건이나 지역 유지 등이 연루된 경우에는 탄원서만 수백 장이나 되는 경우도 많다.

실제로 정치인에게 탄원서를 안 써 줬다는 이유로 정치적 압박을 받은 사람도 존재한다.

하지만 정작 그런 탄원서들은 거의 효과가 없다.

사실 판사들은 탄원서를 아예 읽지도 않는다.

사건과 관련이 없고 관련 내용도 없으며 그거 다 읽으면 하루에 한 건 해결하기도 힘드니까.

하지만 사람들은 모두 탄원서를 써서 제출한다.

이유는 간단하다. 불안하기 때문이다.

저놈은 했는데 나는 안 하면 내가 손해 볼 것 같은 불안함. 그 때문에 탄원서를 계속 내게 되는 거다.

"그래서 자네가 사람들을 보낸 거군."

"맞습니다. 시동만 걸어 주면 알아서 굴러가니까요."

누군가가 판사의 집에 가서 읍소해서 유리한 판결을 받았다.

그런 소문이 돌기 시작하면 사람들은 당연히 너도나도 달려가기 시작한다.

나만 불리해질 수는 없으니까.

판사들에게 있어서 그건 귀찮은 일거리일 뿐이지만 당사자들에게 있어서는 생존의 문제다.

판사들에게 수천만 원은 푼돈이지만 일반인들에게 그건 전 재산이다.

"그러니 너도나도 달려들 수밖에 없지요."

그리고 그렇게 되면 하급심은 완전히 멈춰 버리게 된다.

"아마 조만간 반응을 보일 겁니다, 후후후."

⚖

인터넷에서는 새로운 글들이 올라왔다.

판사님을 붙잡고 읍소한 결과 승소할 수 있었다는 글에서부터 판사님한테 은밀하게 돈을 주고 승소했다는 글까지.

물론 그건 다 노형진이 쓰도록 한 가짜 뉴스다.

그러나 법원은 그걸로 고소하지도 못했다.

어떤 법원인지 어떤 판사인지, 특정되지 않았기 때문이다.

설사 고소한다고 해도 검찰에서 작심하고 그런 사건은 이런저런 핑계를 대면서 수사를 하지 않았다.

그 결과, 하급심 판사들은 아예 집 바깥으로 나오지도 못하는 수준이 되어 버렸다.

"미치겠네."

박용주 판사는 하루하루 늘어나는 민원인들을 보면서 돌아 버리는 느낌이었다.

처음에는 어떻게 해서든 뚫고 지나가려고 했지만 지금은 그마저도 불가능한 수준이 되어 버렸다.

"여기 돈 있습니다, 판사님! 여기 돈 드릴 테니까……!"

더 큰 문제는 이 상황에서 돈을 흔드는 놈들까지 나타났다는 거다.

"제가 천만 원 드릴 테니까 제발 봐주십시오!"

창문 너머로 들리는 목소리.

"저 미친 새끼. 누구 인생을 종 치게 하려고."

저걸 받으면 그의 인생은 끝이다.

문제는, 저놈은 그저 시작일 뿐이라는 거다.

그가 돈을 주려고 하자 다른 사람들도 다급하게 돈을 구해 오기 시작했다는 것.

"저는 40만 원밖에 없어요!"

"제발 살려 주세요! 300만 원이 전 재산입니다!"

한 명이 돈을 주겠다는 의사를 표현하자 그게 마치 전염병처럼 번졌고, 그 결과 박용주는 완전히 바닥으로 주저앉았다.

"여보, 이거 어떻게 해요?"

아내가 다가오며 걱정스럽게 물었다.

그녀의 손에 들린 신문에는 오늘 자 뉴스가 올라가 있었다.

무너진 사법 시스템. 이제는 재판의 결과도 경매를 통해서?

물론 말도 안 되는 뉴스다. 대놓고 경매하는 건 아니니까.

하지만 일부에서 돈 받고 사건을 뒤집는 경우는 제법 있었기 때문에 뭐라고 할 수도 없었다.

"나 진짜 못 해 먹겠다, 여보."

결국 박용주는 마음을 굳혔다.

"내가 무슨 권력자도 아니고 고작 하급심 판사야. 그런데 이게 뭐야?"

아내의 얼굴이 딱딱하게 굳었다.

"버텨요. 아버님이 도와주실 거예요."

"어떻게 버텨! 재판정에 나가지도 못하는 상황인데!"

"하지만 아버님이라면……."

"버텨서? 아버님이 마이스터를 이길 수 있으시대?"

"네?"

"이거 다 마이스터랑 노형진이 저지른 짓이야. 그 새끼들이 고위 판사들을 박살 내고 있는 거 몰라? 이제 우리까지 순서가 온 거라고!"

"그 말이 사실이에요?"

"내가 없는 말을 만들어 내겠어?"

박용주의 아내는 그에게 장래성이 있다고 생각해서 맞선을 보고 결혼한 것이었다.

하지만 그렇지 않다면, 도리어 피해가 온다면 답은 하나뿐이다.

"나, 일단 친정에 가 있을게요."

"뭐? 그게 무슨 소리야?"

"매일 수백 명이 몰려오는데 여기서 어떻게 살아요? 안전을 위해서라도 친정에 가 있을게요."

"나도 같이 갈까?"

"그러면 곤란하죠. 상식적으로 그렇잖아요. 그러면 저 인간들이 친정까지 따라올 텐데."

"그건…… 그러네."

"일단 상황이 정리될 때까지만 혼자 있어요. 금방 다시 올 테니까."

그 차가운 말에 박용주는 순간 불안감을 느꼈다.

'그래, 어쩌면 잘된 걸지도 몰라.'

애정 없이 돈과 권력만을 위해 한 결혼이었다.

어렵지 않게 그녀와 맞춰 살 수 있을 거라 생각했다.

하지만 아니었다.

원래 부자였던 그녀는 고작 하급 판사의 월급에 만족하지 못하고 계속 더 많은 돈을 요구했다.

지금이야 처가에서 어느 정도 지원이 온다지만 미래는 알 수 없는 노릇.

'이러다가 뇌물 받아 처먹기 시작하면 내 인생도 끝이다.'

그렇다면 차라리 지금 선을 그어도 괜찮다는 생각에 그는 고개를 끄덕거렸다. 어차피 아이도 없고.

"알았어. 일단 가서 혼자 있어 봐. 나도 사건이 정리되면 바로 연락할게."

"건강 잘 챙기고요."

진심이라고는 전혀 들어 있지 않은 그 말이 마지막이 될 거라는 걸, 박용주는 직감적으로 알 수 있었다.

⚖

"크."

소주잔을 기울인 박용주는 머리를 흔들었다.

아무리 술을 마셔도 정신은 또렷했다.

그런 그의 앞에는 법원에서 온 이혼 소장이 있었다.

"참 빠르기도 하다."

뒤에 마이스터가 있다는 사실을 안 장인은 바로 이혼하라고 종용했고, 아내는 주저하지 않고 이혼을 선택했다.

사실 놀랍지는 않았다.

승진이 동기보다 느린 자신을 보고 슬슬 눈치를 보고 있던 걸 느끼고 있었으니까.

"그렇단 말이지."

그는 마지막 소주잔을 비우고 창밖을 바라보았다.

새벽 2시. 그런데도 사람들은 입구에 버티고 있다.

현 상황에서 하급심 판사들이 선택할 수 있는 것은 둘 중 하나였다.

첫 번째는 그만두는 것.

제대로 재판이 진행되지 않는 것도 있고 과도하게 업무가 몰리는 것도 있다.

심지어 소문으로는 어느 지방의 판사가 습격당했다는 이야기도 있다.

판사의 판결이 마음에 들지 않는다는 이유로 말이다.

실제로 몇몇 하급 판사들이 그만둔다고 연락을 보내왔다.

두 번째는 고개를 숙이고 들어가는 것.

"그래, 어차피 숙인 고개다. 또 못 숙일 건 없지."

박용주는 이를 빠드득 갈았다. 그리고 핸드폰을 들었다.

-네, 법무 법인 새론입니다.

"혹시 마이스터 담당자에게 연락처를 전달해 주실 수 있겠습니까? 박용주 판사라고 전해 주시면 됩니다."

"결국 이렇게 되는군."

하급심의 판사들이 너도나도 손들기 시작했다.

윗선이야 지켜야 하는 권력이라도 있지만, 그걸 지탱해야 하는 1심 판사들 입장에서는 억울해 죽을 판국이니까.

"물론 더욱 반발하는 사람도 있지만."

하지만 그 숫자는 많지 않았다.

대부분은 명백한 상명하복 속에서 고개를 숙이고 사는 게 익숙한 사람들이었으니.

결국 많은 판사들이 그만뒀고, 다급하게 집을 내놓고 이사를 가야 했다.

그만두지 않고 이사를 가거나 거처만 옮긴 사람들도 바로바로 위치가 갱신되어 인터넷에 올라오는 바람에 두려움에 버틸 수가 없었다.

검찰에서는 그걸 막으려는 시도도 하지 않았기 때문에 결국 그들이 어디를 가든 사람들은 따라다녔다.

이것이 법이다

"일단 빈자리에는 새로운 판사들이 임용되겠지."

3년 이상의 경력을 가진 사람들.

그들 중 상당수는 노형진과 새론의 사람들이 될 가능성이 높다.

만약 아니라면? 또 주소 뿌리면 되는 거다.

노형진이 하는 법을 몰라서 못 막는 게 아니다.

더군다나 그들의 칼이었던 검찰이 이제는 노형진에게 넘어온 상황이었다.

"그리고 모든 재판은 1심에서부터 시작이지."

노형진은 웃으며 말했다.

"과연 상급 판사들이 뭐라고 하는지 두고 보자고, 후후후."

⚖️

재판을 걸면 그 재판은 당연히 진행된다.

아무리 권력이 강하다고 해도 들어간 고소를 없애지는 못한다. 결과를 무조건 무죄로 판단할 수는 있겠지만 말이다.

그러나 어쨌거나 모든 재판의 결과는 1심에서부터 시작이다.

"피고인 조진아에게 징역 1년을 선고한다. 피고인은 증거인멸의 가능성이 있으므로 현 시간부로 구속을 명령한다. 피고는 7일 이내에 항소할 수 있다."

1심 재판부의 말.

피고인 조진아는 자리에서 벌떡 일어났다.

"말도 안 돼! 야! 너 지금 뭐 하는 거야!"

"피고인, 피고인은 조용히 하세요."

"피고인? 피고이인!"

소리를 지르는 조진아.

그가 그렇게 흥분할 수밖에 없는 이유가 있었다.

그는 해당 법원의 상급심 판사였기 때문이다.

당연히 그 자리까지 올라가는 과정에서 많은 범죄를 저질렀다.

그동안은 서로 그걸 덮어 왔는데 고작 1심 판사가 그걸 무시하고 자신에게 실형을 내린 것이다.

그리고 법정 구속.

"야! 이 새끼야! 네가 이러고도 무사할 줄 알아!"

조진아는 고래고래 소리를 질렀다.

하지만 판사는 무심하게 말했다.

"끌고 가세요."

엉거주춤하게 다가오는 법원의 경비들.

"놔! 안 놔? 안 놔! 이거 놔! 어디 경비 주제에 판사의 몸에 손을 대!"

조진아는 발악하면서 끌려 나갔다.

처음에는 손쓰는 것을 곤란해하던 경비들도 결국 마음을 독하게 먹고 조진아를 끌어냈다.

'영원히 구속이 안 될 줄 알았겠지?'

뒤쪽에 앉아서 재판을 지켜보고 있던 노형진은 조진아가 끌려 나가는 걸 보면서 빙긋 웃었다.

원래 구속 여부는 법원의 영장 전담 판사가 결정한다.

그리고 그러한 영장 전담 판사는 상당히 고위급이다.

다만 특수한 경우, 즉 법원에서 실형이 인정되는 경우 재판부는 법정 구속을 할 수 있다.

그건 영장 전담 판사와는 상관없는 일이었다.

그 순간부터 실형이 시작되는 거다.

그건 영장 전담 판사가 막을 수 있는 게 아니다.

그리고 그 경우, 피고인은 감옥에서 생활하면서 항소해야 한다.

노형진이 노린 게 그거였다.

물론 그것 말고도 다른 목적이 또 있었지만.

"아마 이제부터 시작일 거다, 후후후."

⚖

하급 판사들의 반란.

이건 명백하게 반란이었다.

"이놈을 쫓아내야 합니다!"

"당장 징계위원회에 회부해야 합니다."

흥분하는 상급 판사들.

그럴 수밖에 없다. 이제는 진짜 자기들의 위치가 위험해진 상황이니까.

1심 판사가 실형을 선고할 줄은 몰랐다.

"하지만 무슨 수로? 징계한다고 해서 확정된 1심이 뒤집어지는 건 아닌데."

김기찰은 진지한 표정으로 말했다.

"판사의 판결은 절대적이야."

설사 대통령이 와도 그건 못 뒤집는다.

결국 2심까지 가야 하는데, 문제는 거기서부터 시작된다.

이들이 그러한 권리를 믿고 갑질을 하고 법을 무시했는데 자기들이 그에 대해 항의하자니, 동일한 권리가 있는 판사라는 것이 걸리는 것이다.

"2심까지는 아무리 못해도 4개월은 걸릴 텐데."

김기찰은 그렇게 말하면서 주변을 스윽 둘러봤다.

"지금 고소에 안 걸린 2심 판사가 있나?"

"그건……."

고소에 안 걸린 2심 판사가 없다.

그 말은, 현재 진행 중인 재판에서 최소한 벌금, 최악의 경우 징역까지 나올 수밖에 없는 상황이라는 거다.

그런 경우 2심을 할 수 있는 재판 인원이 없고, 설사 있다고 해도 그 양이 어마어마하게 몰리기 때문에 시간이 오래 걸릴 수밖에 없다.

"당장 법무부에서 징계가 들어오는 것도 문제야."

아무리 법적으로 자리가 보전되는 판사라고 해도 무조건적인 것은 아니다.

그 조건은 당연히 그가 범죄를 저지르지 않는다는 걸 전제로 한다.

실형이 확정되는 경우, 아무리 조진아를 봐주고 싶다고 해도 방법이 없다.

"조진아는 형이 확정된 이상 법원에서 징계가 결정될 걸세."

"하지만 2심에서 무죄가 나오면……."

"그게 문제야. 그때까지 2심 자리를 지킬 수 있는 사람이 없단 말일세."

검찰에서 이 잡듯이 그들을 뒤졌다.

영장을 안 내줬다지만 의심스러운 정황 같은 건 덮을 수도 없고, 외부에서 판사에게 당한 사람들이 자발적으로 자료를 넘겨주기도 했다.

결과적으로 현 상황에서 2심급 이상의 판사들 중에서 조사를 받지 않는 사람은 없었다.

"그걸 모두 알면서 왜 그러나?"

더군다나 아무리 주요 재판부의 한 명이라고 하지만 현실적으로 이미 증거와 증언에 바탕한 실형이 선고되었는데 재판부에 계속 유지시킬 수는 없다.

아무리 자기들끼리 손잡고 있다고 해도 없는 사람이 재판을 할 수는 없으니까.

결과적으로 없는 사람을 최소한 보직 해임은 시켜야 한다.

아무리 2심에서 뒤집고 싶다고 해도 말이다.

"이건…… 이길 수가 없겠군."

1심 판사들을 시키면 시키는 대로 하는 노예쯤으로 생각하던 상위 판사들에게 있어서 지금 이 상황은 말 그대로 민란이었다.

"우리가 졌네."

그들은 인정할 수밖에 없었다.

자신들은 이기지 못한다는 것을.

⚖

얼마 후 주요 부패 판사들이 일괄적으로 사표를 내던졌다.

이 이상 버틸수록 형량만 늘어난다는 것을 안 것이다.

그들의 사건을 무조건 기각하던 판사들도, 그들에 관련된 사건에 대해 영장을 인정해 주지 않던 판사들도 모두 하나같이 그만뒀다.

그리고 그로 인해 대대적인 물갈이가 시작되었다.

주요 판사들이 그만두자 모두 한 자리씩 승진하기 시작했던 것이다.

가장 먼저 승진한 것은 당연하게도 최후의 순간에 노형진과 새론에 붙었던 판사들이었다.

그리고 노형진은 인터넷에 있던 모든 자료를 싹 다 지웠다.

판사들은 각자 이사를 준비하면서 막대한 손해를 봐야 했다. 급하게 아파트 등을 처리해야 했으니까.

물론 검찰은 최후까지 그들을 물어뜯었다.

"엄청 심하게 물어뜯더라? 정작 스타 검사들은 그냥 가만히 있는데."

오광훈은 어이가 없다는 듯 말했다.

결국 판사들이 항복했지만 검사들은 그런 판사들을 가만두지 않았다.

도리어 거의 죽일 듯이 뒤를 캐었고, 그동안 부정을 일으킨 판사들뿐만 아니라 그 판사를 믿고 범죄를 저지르던 다른 가족들까지 파멸로 몰아갔다.

노형진이 공감한다는 듯 고개를 끄덕였다.

"판사들이 해 처먹은 게 있기는 하지만 그래도 너무하다 싶은 것도 있다니까. 슬슬 그 버릇이 나오고 있더라고."

"그 버릇? 아아."

노형진에게 했던 가짜 범죄 만들기를 한다는 거다.

"그건 좀 아니지 않냐?"

"그건 아니긴 하지만 뭐, 여러 가지 이유가 있지. 일단 판사들은 지금까지 검사들에게 단 한 번도 통제되지 않은 집단

이야. 쉽게 말해서 검사들에게는 원수 같은 거지."

"원수라니 어이가 없네."

"틀린 말은 아니야. 결국 권력은 공존을 부정하거든."

권력을 가진 양쪽이 있었는데, 구조적 특성상 지금까지 검사가 판사를 이길 수 있는 방법이 없었다.

"하지만 상황이 달라졌으니까. 그동안 국민들에게 신뢰를 잃어버린 검찰이 신뢰와 권력을 다시 찾으려면 절대 건드리지 못했던 곳을 건드리며 국민들에게 어필해야지. 음...... 국방부와 국정원 사이를 생각하면 되는 거야."

"뭔 소리인지 알겠네."

오광훈은 고개를 끄덕거렸다.

"두 번째는 검찰의 특성이지. 검찰은 1948년에 생겼어. 수십 년간 단 한 번도 터치받지 않고 꾸준히 권력을 추구해 왔지. 그러니 그들에게는 권력자에게 잘 보이려는 습성이 남아 있어. 거의 유전자 레벨 수준으로 각인되어 있지."

"하긴, 알아서 긴다고 표현해야 하나?"

"그래, 심지어 기존의 주인을 위해 새로운 주인을 물어뜯어 왔지. 하지만 이제는 아니잖아?"

노형진은 빙긋 웃으며 자신을 가리켰다.

"새로운 주인은 선거로도 바뀔 수가 없는 주인이거든."

그나마 정권은 선거로 바꿀 수라도 있지, 마이스터와 새론은 그게 불가능하다.

이것이 법이다

도리어 그들의 힘은 대한민국의 선거판을 자기 마음대로 좌지우지할 수 있게 되었다.

기존의 재벌이 막대한 뇌물을 바탕으로 그걸 조종했다면 노형진은 제3의눈을 바탕으로 어느 곳이든 파멸로 몰아갈 수 있게 된 것이다.

"그러니 알아서 기는 거지. '내가 주인님 말 잘 듣겠습니다, 딸랑딸랑.' 하고."

"허, 딸랑딸랑이라……. 야, 나 이참에 버티면 검찰청장 한번 시켜 주나?"

"내가 대한민국을 청소한다고 했지, 나락으로 빠트린다고는 안 했다."

"칫."

툴툴거리는 오광훈.

"그러면 이제 대충 내부 청소는 끝난 것 같네."

"거의 끝났지."

물론 자잘한 것이 남았지만 제3의눈이 있는 이상 부정부패는 더 이상 숨을 곳이 없다.

"남은 건 외적인 문제들인데……."

노형진은 진지한 표정으로 말했다.

"아마 조만간 큰 문제가 생길 거야."

노형진은 직감적으로 느끼고 있었다.

정의라는 가면

"너, 내가 누군지 알아!"

노형진은 언제나처럼 회사에서 집으로 돌아가고 있었다.

그리고 아파트의 입구. 그곳에서 노형진은 어떤 남자를 만날 수 있었다.

"어디 경비 새끼가 사람한테 덤벼! 어!"

'뭔 개소리야, 저건 또?'

경비도 당연히 사람이다.

경비원은 직업이지 노예를 뜻하는 단어가 아니다.

그런데 지하 주차장으로 내려가는 입구에서 한 남자가 고래고래 소리를 지르며 경비원을 욕하고 있었다.

"경비원 주제에 제대로 일은 안 하고 입주민한테 덤벼?

어? 야! 소장 나오라고 해! 소장!"

언성을 높이는 남자.

그리고 그 앞에서 고개를 숙인 채로 어쩔 줄 몰라 하는 경비원.

'얼씨구?'

그런데 경비원의 모습을 보아하니 이미 한바탕한 모양이었다.

옷은 여기저기 흐트러져 있고 머리는 헝클어져 있었으며 뺨에는 붉은 손자국이 나 있었다.

누가 봐도 경비원이 맞고 폭행당한 게 빤히 보였다.

다른 곳도 아닌 지하 주차장 입구에서 그러고 있기 때문에 눈에 안 띌 수가 없었다.

그리고 주변에 사람들이 나와서 구경하는 걸 보니 아무래도 제법 오래 저러고 있었던 모양이다.

"우리 같은 고급 아파트에 너같이 천한 새끼가 있는 게 문제야! 알아!"

남자의 말이 선을 넘기 시작하자, 노형진은 한숨을 푹 쉬면서 차에서 내렸다.

말리려는 것도 있지만, 당장 주차장의 입구를 차가 막고 있었기 때문이다.

그 차가 비켜 줘야 주차를 하든 말든 하는데, 아무리 봐도 저 남자가 차 주인 같았다.

이것이 법이다

"이제 그만하시죠."

노형진은 경비원과 남자에게 다가갔다.

그리고 그들 사이에 끼어들었다.

"뭐야, 넌? 어린놈의 새끼가."

"일단 여기가 고급 아파트인 것은 인정하는데요, 그렇다고 해서 경비원이 이런 취급을 받으실 이유는 없습니다만."

"뭐?"

"여기 고급 아파트 맞다고요. 그러니까 그 품격을 지켜 주세요."

급을 나누는 게 좀 그렇기는 하지만 이 아파트가 고급인 것은 사실이다.

평당 8천만 원이나 하는, 서울 최고의 아파트 중 한 곳이다.

더군다나 지은 지 얼마 안 되어서 최고의 시설까지 비치된 아파트이기도 하다.

아침밥까지 따로 판매하는 그런 호텔식의 아파트였기 때문에 노형진이 나름 편하게 살고 있는 것도 사실이다. 노형진이 이곳으로 이사 온 이유 중 하나가 그 아침밥이니까.

아무래도 거의 혼자 살다시피 하는 노형진에게는 그런 사소한 게 무척이나 중요했다.

"하지만 그 고급스러운 이미지 뒤에는 이런 분들의 노고가 있는 것 아닌가요? 그걸 알면서 나이도 지긋하신 어르신한테 이 새끼 저 새끼 하는 것은 아니죠."

아침에 밥을 먹기 위해서는 누군가 그 이전에 밥을 해 줘야 하고, 수영장을 쓰기 위해서는 누군가 청소해 줘야 하며, 헬스장에 가기 위해서는 그 전에 누군가 기계를 점검해 줘야 한다.

"왕이 왕일 수 있는 건 그 아래에 수백만의 백성이 있기 때문입니다. 왕 혼자서는 왕 노릇을 못 합니다. 그리고 애초에 당신은 왕도 아니지 않습니까?"

"얼씨구, 이 새끼 말은 번지르르하네! 너, 내가 누군지나 아냐?"

"알 바 아니죠. 당신은 제가 누군지 아세요? 모르잖아요? 그리고 이 경비원 아저씨는 누군지 아세요? 모르잖아요? 모르는 사이니까 더 조심해야 하는 거 아닙니까?"

자신을 삐딱하게 쳐다보는 남자의 모습에 노형진은 자신의 말투가 험악해지는 것을 느꼈다.

'내가 가능하면 문제를 일으키지 않으려 하는 사람이기는 하지만 말이지.'

하지만 오랜 시간 경험하면서 많은 걸 배웠다.

그중 하나는, 어딜 가든 반드시 문제를 일으키는 타입의 인간들이 있다는 거다.

그들과 문제를 일으키지 않는 방법은 단 하나뿐이다.

꼬리 말고 도망 다니는 것.

'그런데 내가 왜?'

배알이 뒤틀린 것도 있고, 자신이 뭐가 아쉽다고 도망을 다닌단 말인가?

"그러니까 그만하시죠. 보아하니 주차 문제 같은데."

"이런 어린 새끼가 말본새가."

손이 스윽 위로 올라가는 남자.

거의 습관적으로 폭행을 하는 자인 모양이었다.

그러나 다음 순간 그의 손은 허공에서 멈춰야 했다.

"이 아파트에 사시는 분이니 뭐 나름 좀 사시는 모양인데, 저도 여기 주민인 거는 아시죠?"

이 아파트에는 어지간한 재력으로는 입주하지 못한다.

애초에 아파트 자체가 워낙 고가라 대부분이 주거를 목적으로 들어오는 게 사실이고, 월세나 전세 등 세입자는 많지 않았다.

"그리고 저랑 같은 건물을 쓰시는 분인 것 같은데……."

같은 동의 지하 주차장 입구에 있다.

이 아파트의 평수는 68평. 노형진이 좀 편하게 살기 위해 산 평수다.

즉, 이 아파트 단지 내에서도 제일 크고 비싼 평수라는 거다.

"큭……."

그제야 남자는 상황을 알아차렸다.

똑같이 비싼 집에 사는 사람, 즉 자신과 같이 능력이 되는 사람.

"그만하시죠. 더러운 꼴 보기 전에."

노형진은 차분하게 말했다.

"씨팔."

그는 이를 빠드득 갈더니 그대로 몸을 돌려서 아파트 안으로 들어가려고 했다.

"저기요. 저거 차는 안 빼세요?"

"좆 까, 이 새끼야!"

가운뎃손가락을 세우면서 안으로 들어가는 남자.

노형진은 그걸 보고 고개를 절레절레 흔들었다.

"뭐 저런 미친놈이 다 있어?"

그리고 경비원을 바라보았다.

"괜찮으세요?"

"네, 덕분에."

"제가 한 건 없는 것 같은데요."

이미 맞을 거 다 맞고 욕먹을 거 다 먹었다.

그저 이 경비원이 저항하지 못했을 뿐이다.

"저놈 뭡니까?"

"여기 입주인이세요."

"아니, 그건 알겠는데……."

노형진은 고개를 돌려서 지하 주차장 입구를 가로막고 있는 그의 차를 바라보았다.

"그게……."

"괜찮으니까 말씀하세요."

"저분이 자꾸 지하 주차장에 있는 장애인 주차 구역에 차를 대시더라구요."

"장애인 주차 구역요? 사지는 멀쩡해 보이던데요. 뭐, 머리는 모르겠습니다만."

"저분, 장애인 아니십니다."

그러니까 문제가 된 상황은 이러했다.

어디든 장애인 배려 차원에서 입구 가까이에 장애인 전용 주차 구역을 만든다.

하지만 사실 이런 아파트에 장애인이 들어오는 건 쉽지 않다. 일단 장애가 있으면 돈을 벌기 쉽지 않으니까.

하지만 법적으로 장애인 주차 구역은 만들어야 하고, 그 때문에 노형진도 지금까지 단 한 번도 그곳에 차가 세워진 걸 본 적이 없었다.

"그런데 거기에 자꾸 차를 세우시는 거예요."

입구에서 가까운 곳에 주차 구역이 있으니 마음대로 주차하고, 어차피 빈자리 아니냐면서 마치 자기 전용 주차장인 것처럼 굴었다는 거다.

"아아."

노형진은 대충 상황이 이해가 갔다.

그런 놈들이 꼭 있다.

"그래서 그거 막으셨어요?"

"아니요. 제가 무슨 욕을 먹으려고요."

엄밀하게 말하면 그건 신고해서 벌금을 먹여야 하는 일이지만 경비원이 그런 짓을 했다가는 바로 다음 날 모가지가 날아갈 게 뻔하기에 그저 모른 척해 왔다는 것.

그런데 그가 모른 척한다고 해도, 이 단지 내에 정상적인 사람이 없는 건 아니다.

세상에 미친놈이 있으면 정상인 사람도 있는 법.

누군가가 그가 주차하는 걸 보고 참다못해 불법 주차해 둔 모습을 계속 사진을 찍어서 신고하기 시작했다고 한다.

"한 다섯 번 찍혀서 딱지가 날아왔다고 하더라고요."

"어이구야."

장애인 주차 구역 위반 벌금은 10만 원이다.

그런데 그게 다섯 번이면 50만 원이라는 소리다.

"그런데 왜 경비원 아저씨한테 그랬대요? 아저씨가 신고하신 것도 아닌데."

"저보고, 거기서 지키고 서 있다가 사진 찍어서 신고하는 새끼 잡아 오라고……."

"얼씨구?"

가관이다.

그렇잖아도 요즘은 많은 것이 자동화되어서 경비원의 숫자가 줄었다.

그런데 자동화되지 않은 것도 많기에, 결국 경비원의 업무

강도는 오히려 높아졌다.

그게 현실이다.

그런데 자기 잘못은 인정하지 않고 경비원을 폭행하고 자기 차를 지키란다.

"저거 신고하시죠."

"아이고, 안 됩니다. 저분 변호사세요."

"네?"

노형진은 골이 띵했다.

"유명한 로펌의 변호사세요. 그것도 제법 직급이 높으신 분이에요. 제가 무슨 꼴을 당하려고……."

손사래를 치는 경비원을 보면서 노형진은 입맛을 다셨다.

'하긴 이런 놈들이 있지. 그러면 저거…… 완전 고의로 세운 거구만.'

노형진은 남자가 세로로 입구를 막은 지하 주차장을 바라보았다.

아파트 내의 도로는 공도가 아니라 사도, 즉 개인의 땅이다.

그래서 거기에 주차된 차들을 불법 주차로 견인해 가지 못한다.

더군다나 딱 봐도 차를 세우고 사이드까지 채웠다.

"지랄맞네."

누가 건드리지도 못하고 견인도 못 한다.

자기를 신고한 게 누군지 모르지만 엿 먹어라 이거다.

결국 같은 주차장을 쓰는 같은 주민이라는 소리니까.

"그 사람이 나와서 무릎 꿇고 사과하면서 벌금을 내주기 전에는 절대 못 비켜 준다고…….'"

경비원은 힘없이 말했다.

그 사람이 나올 리도 없고, 설사 나온다 한들 그 사람이 잘못한 게 없는데 왜 벌금을 내주겠는가?

"흠……."

노형진은 머리를 긁적거렸다.

"저 차가 얼마더라?"

"네?"

"아니, 계산 좀 해 보려고요."

노형진은 핸드폰을 열어 해당 차종의 가격을 확인했다.

"휘유, 8천만 원이네?"

노형진은 그걸 보고 빙긋 웃었다.

8천만 원. 한국에서는 확실히 비싼 차다.

"걱정 마세요. 제가 해결할게요."

"네?"

"아니, 저도 가끔 돈지랄하고 싶을 때가 있거든요."

노형진은 빙긋 웃으며 말했다.

그리고 자신의 차를 뒤로 빼서 다른 곳에 주차하고 다가왔다.

그때까지 많은 사람들이 구경하느라 주변에 있는 게 보였다.

"왜 다들 안 가시고?"

"아니, 그 해결책이라는 게 궁금해서."

"저거, 혼자서는 못 옮길 텐데?"

웅성거리는 사람들.

노형진은 미소를 지으며 사람들에게 외쳤다.

"조금만 기다리시면 재미있는 걸 구경하시게 될 겁니다!"

그리고 자신의 집으로 가서 차 키를 하나 가지고 나와 차가 있는 곳으로 향했다.

그리고 잠시 후 지하 주차장 출입구로 모습을 드러낸 차를 보고, 사람들의 얼굴은 경악한 표정으로 바뀌었다.

노형진은 그런 사람들을 향해 한번 웃어 주고는 차에 붙어 있는 전화번호로 전화를 걸었다.

"여보세요? ○○○○ 차주 되시죠?"

-뭐? 그런데?

일단 다짜고짜 반말하는 상대방.

"죄송한데 제가 회사에 급한 일이 있어서 나가 봐야 하거든요. 차 좀 빼 주시겠어요?"

-지랄하지 말고 꺼져라.

"제가 진짜 급해서 그래요. 차를 좀 빼 주셨으면 하는데."

-절대 안 빼. 꺼져.

"아니, 자꾸 그러시면 저도 급해서 이거 그냥 밀고 가야 하는데요."

―돈 많으면 밀든가.

"아, 네. 그런데 아저씨."

노형진은 거기에다가 대고 차분하게 말했다.

"아까 제가 돈 겁나 많다고 하지 않았나요?"

그 순간 전화기 너머에서 침묵이 흘렀다.

그도 불안했는지 갑자기 전화를 끊었다. 아마도 튀어나오려는 모양이었다.

"이미 늦었지."

노형진은 전화를 끊고 자신의 차, 즉 슈퍼 카에 올라타 후진시켰다.

그러자 조마조마한 눈으로 바라보던 사람들의 눈동자가 어마어마하게 커졌다.

부아아앙!

마치 야수와 같은 소리를 내면서 힘차게 돌아가는 엔진.

"어디 보자, 일단 고의 통행 방해니까 8 : 2나 7 : 3쯤 나오겠는데? 운 좋으면 9 : 1이려나?"

만일 평범하게 정차된 상황이라면 당연히 노형진의 잘못일 것이다.

하지만 그는 진로 방해를 위해 고의로 길을 막았고, 빼 달라는 요청에도 불구하고 못 빼 주겠다고 버텼다.

노형진은 그걸 다 녹음해 놨다.

이 경우 잘못한 건 노형진이 아니라 그 남자다.

"가라!"

안전벨트를 매고 카시트에 최대한 몸을 밀착시키는 노형진.

그리고 최대한 충격을 줄이기 위해 주차된 차의 트렁크 쪽으로 차를 몰았다.

"아…… 안 돼!"

그때 집에서 다급하게 튀어나온 남자가 그걸 보고 비명을 질렀다.

그러나 이미 노형진의 슈퍼 카는 무서운 속도로 튀어 나가고 있었고, 주차된 차의 트렁크 옆을 들이받아서 힘차게 밀어내기 시작했다.

"아악! 내 차!"

남자는 비명을 질렀지만 노형진은 피식 웃을 뿐이었다.

'돈 좀 나올 거야.'

⚖

연락을 받고 온 보험회사 측 직원들은 어이가 없는 표정이 되었다.

길을 막는 미친놈이 있다는 사실도 놀랍지만, 그게 기분 나쁘다고 그냥 차도 아닌 수억짜리 슈퍼 카로 밀어 버리는 사람도 처음 봤으니까.

"이건 솔직히 5 : 5 해야 하지 않습니까?"

"아니, 당신네 고객이 차로 도로를 막고 못 빼 주겠다고 버틴 건데 이게 어떻게 5 : 5가 됩니까?"

"우리는 정차 중이었잖아요."

"도로에서 정차한다고 해서 거기가 그때부터 주차장 된답니까?"

양쪽 보험회사 직원 모두 곤란한 기색이 역력했다.

일단 협상을 하려고 했지만 기존에 없던 스타일의 사건이었기에 뭐라고 할 수가 없었다.

불법으로 길을 막은 걸 고의로 박아 버린 거니 책임 관계를 따지기 애매했다.

'그리고 이런 경우는 좀 뻔하지.'

결국 재판으로 가게 된다.

노형진은 그걸 알기에 고의로 들이받은 거다.

"너 이 새끼! 내가 누군지 알아!"

"변호사시라면서요?"

"내가 법무 법인 태양 부대표야, 이 새끼야!"

"법무 법인 태양?"

"그래! 이제 무섭냐? 어!"

"오호?"

노형진은 일이 재미있어진다고 생각했다.

법무 법인 태양이면 손채림의 아버지인 손하균의 회사가 아닌가?

'그러고 보니 그러네.'

지난 정권에서 사건을 싹쓸이하던 태양이다.

그래서 한국에서 톱 1위에 올라가 있다.

그리고 그 대항마는 다름 아닌 법무 법인 새론.

'제대로 붙어 본 적이 없네.'

자잘한 사건 몇 개로는 싸워 봤지만 사실 두 회사는 제대로 싸워 본 적이 없다.

새론은 친서민 라인을 유지했고, 태양은 친권력자 친재벌 라인을 유지했다.

그렇다 보니 그 둘이 싸울 만한 일은 많지 않았고, 어쩌다 작은 사건이 들어가도 태양은 그냥 버리는 사건 취급해서 최선을 다해서 방어하지도 않았으니까.

"이거 공교롭네요. 저도 변호사인데."

"뭐?"

"법무 법인 새론의 노형진 이사라고 합니다."

노형진은 자신의 명함을 꺼내서 남자에게 건네며 말했다.

"이거 참 반갑습니다. 아주아주, 너무 반가워서 눈물이 다 나네요."

히죽 웃는 노형진의 모습에 남자는 움찔했다.

"자네, 태양 법무 법인의 주식태하고 한판 했다면서?"

"주식태? 아, 그 남자 이름이 주식태였나? 하여간 뭐, 네, 한판 했습니다. 그런데 어떻게 아셨어요?"

노형진이 회사에 오자마자 달려온 김성식은 재미있다는 듯 웃었다.

"아주 소문이 파다해."

"파다해요?"

"알게 모르게 우리가 태양 쪽이랑 라이벌 구도가 서지 않았나?"

"그런 게 좀 있지요."

정반대의 성향 때문인지, 두 집단은 알게 모르게 라이벌 구도에 서 있었다.

태양이 업계 1위인 데 반해 새론은 업계 5위다.

그 순위로 보면 차이가 좀 나는 것 같지만 내면을 들여다보면 그렇지도 않다.

태양은 업계에서 수임료로 톱을 찍었지만 새론은 수임료가 그만큼 높지는 않다.

하지만 그 대신에 소속 변호사들의 돈을 마이스터를 통해 불려 주는 방식을 채택해서, 결과적으로 수임료 순위로는 5위일지 몰라도 변호사 개인당 수익률은 새론이 1위다.

이것이 법이다

그렇다 보니 태양 쪽에서 미묘하게 경쟁의식을 가지고 있는 것도 사실이고.

"뭐, 재미있는 상황이기는 한데, 사실 우리가 나설 일은 없지 않을까 싶습니다만."

"하긴, 그건 그렇지."

양쪽 다 당사자가 변호사이긴 하다.

그러나 엄밀하게 말하면 이 사건에서 소송해야 하는 대상은 새론과 태양이 아니라 각 보험회사다.

그 과정에서 진술 같은 건 해 줄 수 있지만, 그걸 노형진이 알아서 할 필요는 없었다.

"하지만 대충 상황을 보면 뭐 7 : 3 정도 나올 것 같은데."

"뭐, 상관없지요. 제대로 엿 먹은 건 제가 아니라 주식태니까요."

현재 정비 업체에서 나온 견적은 그의 차가 대략 1,100만 원 그리고 노형진의 차가 2억 1천만 원이다.

설사 5 : 5가 나온다고 해도 노형진이 줘야 하는 돈은 550만 원이지만 그가 노형진에게 줘야 하는 돈은 1억 500만 원이다.

그리고 거기에 동급 차량의 렌트비가 더 나온다.

"다만 아쉬운 건, 그 돈을 보험사에서 내야 한다는 거지요."

"나도 그게 조금 아쉽네. 제대로 엿 먹일 수 있었는데."

물론 그만큼 보험이 할증되겠지만 말이다.

"하지만 이쯤 하면 그래도 정신 좀 차리지 않겠습니까?"

노형진은 그렇게 생각했다.

인간은 상대가 자기 이상으로 미친놈이라는 걸 알면 보통은 꼬리를 말고 도망가는 법이니까.

'보통은' 말이다.

"얼씨구?"

그날 저녁, 집으로 돌아간 노형진은 기가 막혀서 말이 안 나왔다.

입구를 다른 차가 막고 있었기 때문이다.

다만 이번에는 국산 차가 아니라 수입 차다. 그것도 싼 것도 아닌, 2억 8천만 원짜리.

"뭡니까, 이거? 어? 아저씨, 눈이 왜 이래요?"

노형진은 상황을 알기 위해 경비실로 갔다가 경비원의 눈을 보고 깜짝 놀랐다.

그의 눈두덩이 시퍼렇게 멍이 들어 있었기 때문이다.

"아…… 그게…….."

"설마 주식태 짓입니까?"

딱히 생각나는 건 그것뿐이었다.

이미 한번 사람에게 손댄 적이 있는 자이니, 지금 상항에서 때릴 만한 사람은 그놈밖에 없었다.

"그게……."

말을 못 하고 고개만 푹 숙이는 경비원을 보니 그놈이 분명했다.

"어떻게 된 겁니까?"

"그걸 들이받는 걸 구경만 했다고……."

"이런 미친 새끼를 봤나!"

사실 노형진이 차를 가지고 왔지만 설마 진짜 들이받을 거라 생각한 사람이 몇 명이나 되겠는가?

한두 푼도 아니고 몇억짜리 차인데 말이다.

그런데 그 책임을 묻겠답시고 애먼 사람을 팬다?

정작 노형진에게는 찍소리도 못 하면서?

"그리고…… 아니꼬우면 들이받아 보랍니다."

"꼬우면? 저 차도 주식태 차가 맞나 보군요."

"전의 차는 사모님 차고…… 저 차가 진짜 주식태 입주민님 차입니다."

"님은 무슨."

노형진은 어이가 없었다.

보아하니 아무래도 차 보험을 **빵빵**하게 들어 놨으니 무서울 게 없다는 의미인 모양이다.

"들이받아라 이거죠?"

"저기, 그게…… 데리고 와서 무릎을 꿇리라고……."

"저를요?"

"네. 안 그러면 제 목을 날려 버리겠다고…….."

"최악의 인간이군요."

자기가 싸우기는 무섭고, 그렇다고 지기도 싫으니 노형진의 약점이라고 생각되는 경비원을 노린 것이다.

노형진이 주변 인물들을 위해 고개를 숙인다는 걸 아는 거다.

'아마도 태양에서 내 성향을 분석해서 알려 줬겠지.'

태양쯤 되면 분석 팀이 있을 수밖에 없다.

원래 역사에서는 그런 팀을 운영하는 로펌은 없었지만, 노형진이 새론에 그 제도를 도입한 후에 승률이 하늘을 찌르자 너도나도 도입해서 행동 패턴을 분석하기 시작했다.

그리고 태양에서는 노형진이 때로는 주변 사람들을 보호하기 위해 고개를 숙인다고 분석했을 것이다.

'그러니까 경비원의 직장을 잡고 협박한 거겠지.'

하지만 그들은 잘못 생각한 거다.

물론 노형진에게 그런 면이 없는 것은 아니다.

하지만 그건 어디까지나 이쪽이 잘못했을 때다.

저쪽이 잘못하고 적반하장으로 나오면, 자신의 능력을 전부 이용해서 싸우는 게 노형진이다.

"그렇게 나온다 이거지."

노형진은 긴 한숨을 내쉬었다.

이건 사실 태양과 새론의 문제가 아니라 주식태와 노형진의 문제다.

그런데 그는 태양에서 정보를 빼내서 공격하는 데 썼다.

그러면 그때부터는 태양과 노형진, 아니 새론의 문제가 된다.

"좋습니다. 뭐, 그러면 들이받아 보지요."

"네?"

"아, 차를 들이받겠다는 게 아닙니다."

아마도 주식태는 차를 들이받아 보라고 이야기한 거겠지만 노형진은 그럴 생각이 없었다.

"그러면…… 일단 여기 관리소장을 불러 주세요."

"네?"

"관리소장 부르시라고요. 나도 갑질 한번 해 보게."

경비원은 떨떠름한 표정으로 관리소장을 불렀다.

잠시 후 도착한 관리소장은 침을 꿀꺽 삼키고는 조심스레 물었다.

"부르셨다고요?"

"주식태가 갑질 하면서 여기 경비원 아저씨 자르라고 했나요?"

"네?"

"했습니까, 안 했습니까?"

"그게…… ."

"저도 지랄 한번 해 볼까요? 제가 조용히 사니까 주식태보다 덜 무서우신가 본데."

사람들이 많이 실수하는 게 그거다.

평소에 지랄하는 사람은 무섭다고 터치하지 않으려고 한다.

그러나 평소에 조용한 사람은 만만하게 보고 대충 넘어가려고 하는 성향이 있다.

그건 어찌 보면 당연하지만, 또 어찌 보면 기회주의적이기도 하다.

"모르시나 본데 저, 새론 이사입니다. 마이스터 대리인이고요. 제가 전화 한 통만 하면 원청회사를 주저앉게 할 수 있습니다. 지금 전화할까요?"

"아…… 아닙니다. 그게…… 네, 맞습니다. 자르라고 하시더라고요."

눈치를 보면서 말하는 소장.

"저희가 아직 계약 기간이 끝나지 않아서 무리라고 하니까, 자르지 않으면 자기 와이프를 통해 관리 회사를 바꾸게 하겠다고……."

"와이프?"

"아내분이 여기 아파트 부녀회장이십니다."

"얼씨구."

노형진은 한숨이 절로 나왔다.

'인터넷에서 나오는 그 이야기들이 여기서 실현될 줄은 몰랐는데.'

가끔 인터넷에 그런 글들이 있다.

경비원에게 출근 시간에 서서 90도 인사를 하도록 시키거

나, 품격을 해치니까 배달원은 엘리베이터를 사용하지 말라
는 정신 나간 헛소리를 하는 인간들.

그런데 그에 대해 다른 사람들이 문제 제기를 하지 않으면
그들이 결국 관리 사무소를 괴롭히면서 실제로 그런 말도 안
되는 일이 벌어진다.

실제로 경비원들에게 아파트 입주민 중 한 명이 에어컨을
설치해 준 적이 있는데, 자기도 에어컨이 없는데 경비가 에
어컨을 쓴다면서 자괴감을 느낀다며 사용 금지를 요구한 사
람도 있었다.

그건 자신의 무능의 문제지 남이 선물한 에어컨까지 터치
할 문제는 아닌데 말이다.

"무시하세요."

"네?"

"무시하세요. 만일 그쪽에서 뭐라고 하면 제가 시켰다고
하세요."

"하지만……."

"그놈도 변호사이고 저도 변호사입니다. 그리고 저는 마
이스터의 대리인이기도 합니다. 국제적으로 대판 하고 싶으
면 법원으로 나오라고 하세요."

노형진은 차라리 자신에게 덤비라고 말하는 거다. 다른 사
람들은 가만두고 말이다.

"저기, 그러면 저 차는……."

"아, 저 차요."

주차장을 막고 있는 차량, 그걸 치워야 하는 게 노형진의 책임이다.

"그 아저씨가 잊고 있나 본데."

노형진은 씩 웃었다.

"저 돈 '많습니다'."

주차장의 입구를 막는 건 불편한 일이다.

하지만 한국의 법률상 애매해서 처벌을 못 하는 게 사실이다.

도로를 막는 것에 대한 처벌 조항이 없는 것은 아니나 그 조항은 어디까지나 공공 도로를 조건으로 한다.

그래서 이런 민간 도로는 방법이 없다.

그리고 그건 노형진도 마찬가지.

"네가 못 쓰게 한다면 너도 못 쓴다."

남이 차를 쓰는 게 그렇게 배알이 뒤틀린다면 당연히 자신도 차를 쓰면 안 된다.

물론 그렇다고 해서 노형진이 남에게 피해를 주고 싶은 생각은 전혀 없다.

"모두 준비되셨나요?"

"그럼요."

좌우로 목을 움직이며 준비하는 사람들.

주식태의 수입 차는 무겁기 때문에 일반인은 움직이지 못한다.

그러나 일반인이 아니라면?

무거운 것에 아주 익숙한 사람이라면?

"야, 오늘 알바 꿀이네, 꿀."

"이런 건 별거 아니지."

주식태의 차로 다가가는 사람들.

그들은 온몸이 근육으로 되어 있었다.

인터넷에서 활동하는 헬스 전문가들.

쉽게 말해서 근육운동을 한 사람들이다.

그들은 무거운 것을 드는 데 익숙하며, 일반적인 사람들의 두 배에서 세 배까지 힘을 낼 수 있다.

"무겁지 않으시겠어요?"

그래도 혹시 몰라서 물어보는 노형진.

그 말에 옆에 있던 남자가 피식 웃었다.

"여기 있는 사람들 중에서 3대 500 이하 없습니다. 그나저나 저 차, 어떻게 할까요?"

"그거…… 흠…… 일단 사람들이 다니지 않는 저쪽 공터에다가 세워 주세요."

아파트 진입로 옆에 있는 작은 공터.

그곳에 차를 둔다면 다른 사람들이 움직이는 데 전혀 지장이 없다.

"그리고 그 진입을 막는 경계석도 좀 치워 주시고요."

"네, 알겠습니다."

그들이 달라붙어서 힘을 쓰자 곧 차가 번쩍 들렸다.

이어 그 아래에 몇 개의 수레를 넣고는 조금씩 움직이자 결국 주식태의 차는 코너로 들어가 버렸다.

"좋습니다. 알바비 받아 가세요."

"이게 끝입니까?"

"네, 끝입니다."

"너무 꿀인데."

시시덕거리면서 돈을 받아 가는 사람들.

노형진은 그들이 가자 어디론가 전화를 걸었다.

"자리 잡았습니다. 차 가지고 오세요."

잠시 후 아파트 입구로 들어오는 세 대의 슈퍼 카.

그건 미리 열어 둔 경계석 사이를 지나서 확실하게 주식태의 차를 틀어막았다.

그것도 절대 빠져나가지 못하도록, 절묘하게.

"들이받는다고? 그래, 들이받아 봐라."

노형진은 차 욕심이 별로 없는 타입이다.

지난번에 탄 그 슈퍼 카도 사건 해결 문제로 인해 구입한 거다.

하지만 노형진은 이번 일을 위해 특별히 슈퍼 카 세 대를 더 구입했다.

셋 다 중고이기는 하지만 그래도 절대 적은 돈이 아니었다.

만일 주식태가 조금이라도 움직이면 그때는 그 세 대의 차 중 하나를 박을 수밖에 없다.

정확하게 디귿 자 형태로 막아 버렸으니까.

"재주껏 움직여 보시지."

⚖️

"이런 미친 새끼가."

주식태는 바깥으로 나왔다가 기가 막혀서 말이 안 나왔다.

자신의 차를 에워싼 세 대의 슈퍼 카.

절대 가벼운 무게가 아닌 차를 들어서 옮긴 것도 어이가 없어 죽겠는데, 한 대당 수억짜리 차가 갑자기 세 대로 늘어났다.

"이 새끼는 뭐야!"

그는 노형진이 어떤 사람인지 모른다.

그저 새론에서 일하는 변호사라고 생각했을 것이다.

화가 머리끝까지 난 주식태는 바로 전화를 걸었다.

"야! 이 새끼야! 차 안 빼!"

—무슨 말씀이신지?

"차 빨리 빼라고!"

－무슨 차 말씀이신지요?

"이 차 세 대! 네 거 아냐? 당장 안 빼!"

－아, 그 차들. 다른 차량 통행에 방해 안 되게 잘 세워 놨는데요?

"내 차는 차가 아니냐!"

－주차장이 아니라 길바닥에 버리셨기에 전 주인 없는 차인 줄 알았지요.

"당장 빼!"

－죄송합니다. 제가 해외 출장 중이라 한두 달은 못 뺄 것 같아서요. 이만 끊겠습니다.

"야, 야! 으아아아!"

주식태는 화가 나서 길길이 날뛰었지만 소용이 없었다.

전화해도 받지 않았으니까.

노형진이 작심하고 차단을 걸어 버린 것이다.

두 달? 필요하다면 2년도 버틸 생각이었다.

"사람이 말이야, 좀 반성하고 배우는 게 있어야지."

노형진은 끊어진 전화를 바라보면서 키득거렸다.

⚖

노형진은 사건이 그렇게 끝날 거라 생각했다.

주식태는 처음에는 택시를 타고 다녔다. 그러나 끝까지 사과하지 않았기에 노형진은 가뿐하게 무시했다.

그리고 대략 3주쯤 지나고 나자, 노형진은 옆으로 옮겨져 있는 차들을 발견할 수 있었다.

"쯧쯧, 그러니까 양심을 곱게 써야지."

흠집 하나 없는 차들을 보면서 노형진은 혀를 끌끌 찼다.

보아하니 자신이 했던 것처럼 사람들을 불러서 직접 옮기는 형태로 어떻게 손상 없이 차를 뺀 모양이었다.

물론 그 돈이 적지는 않았을 것이다.

하지만 자가용을 끌고 다니던 사람이 택시나 대중교통을 이용하기 시작하면 극도로 불편해질 수밖에 없다.

그런데 빼 달라고, 미안하다고 하기에는 자존심이 상하니 아예 노형진처럼 사람을 불러서 해결한 거다.

'뭐, 세상은 이런 거지.'

돈이 있는 사람들은 고개를 숙이지 않는다.

돈 몇 푼보다는 자신의 자존심이 더 중요하니까.

'나도 별반 다르지 않고.'

노형진은 엄밀하게 말하면 완전 제3자다.

그러나 본인이 나서서 합의를 종용했고 또 좋게 웃으며 해결하자고 했는데 주식태가 그걸 거절했다. 그게 노형진의 자존심을 자극한 거고, 그 때문에 일이 이 지경까지 온 것이다.

'뭐, 이제는 끝났지.'

어찌 되었건 차를 빼내어 갔다는 것은 꼬리를 말았다는 뜻이니 앞으로는 섣불리 그에게 싸움을 걸 이유는 없을 것이다.

'뭐, 이쯤에서 정리할까?'

노형진은 단순하게 생각했다.

더 이상 주식태를 만날 일은 없고, 아파트는 이제 다시 평화롭고 조용해질 거라고.

하지만 그건 노형진의 바람에 지나지 않았다.

⚖

"자네, 새론과 싸움이 붙었다면서?"

출근하던 주식태는 바로 위층으로 불려 갔다.

그리고 그곳에서 그는 침을 꿀꺽 삼켰다.

공식적으로는 평등한 변호사라고 하지만 이 세계에 평등이라는 건 없다.

당연하게도 권력을 가진 것은 윗선이고, 아무리 주식태가 태양의 부대표라고 해도 그 권력의 힘에서 벗어날 수는 없었다.

그리고 이 태양의 모든 권력을 가진 자, 송하균의 부름은 그에게 공포 그 자체였다.

"새론의 노형진과 싸움이 붙었다고 하던데."

"아니, 그건 단순한 트러블이었습니다."

주식태는 벌렁거리는 심장을 애써 진정시키며 조심스럽게

말했다.

'그 말이 사실이었구나.'

그는 노형진이 자신과 같은 아파트에 사는 것조차도 몰랐다.

그런데 지금 손하균은 그가 노형진과 트러블이 있다는 것을 알고 있었다.

물론 그는 그 사실을 보고한 기억이 없다.

'직원 뒷조사를 한다더니.'

확실하지는 않지만, 누구나 그럴 수도 있다고 생각한 소문.

손하균이 직원에 대한 감시를 절대 소홀하게 하지 않는다는 소문이었다.

실체는 없는 소문일 뿐이었지만 지금, 보고한 적도 없는 일을 알고 있다는 것 자체가 그를 감시하고 있었음을 증명하는 것이었다.

"단순 트러블이라도 상관없지."

"무슨 말씀이십니까?"

"한번 그놈들을 손봐 줘야 하기는 하니까."

"손 대표님, 설마 새론과 전쟁이라도 하시려는 겁니까? 새론은 그렇게 만만한 놈들이 아닙니다. 절대 쉽게는 못 이깁니다."

"알고 있네. 하지만 그렇다고 해서 우리가 매일같이 질 수는 없지 않나?"

주식태는 입술을 깨물었다.

노형진에게 상당한 불만을 가지고 있는 손하균이다. 그리고 그는, 기회가 왔을 때 그냥 넘어갈 사람이 아니었다.

'하지만 이건 기회도 뭣도 아닌데.'

그가 화가 나서 갑질을 하다가 그들과 엮인 것뿐이다.

그들과 싸울 기회 같은 게 아니다.

"자네가 이번에 제대로 소송해서 혼 좀 내 주게."

"네? 하지만 대표님, 이번에는 제가 잘못한 게 맞습니다."

주식태는 찔끔하면서 변명했다.

자신이 잘못한 걸 인정하기는 싫지만, 노형진과 싸우는 것은 그보다 더 싫었다.

"그게 중요한가?"

그러나 손하균의 마음은 이미 결정되어 있었다.

"내가 그놈들한테 당한 게 많아서 말이지. 그냥 혼 좀 내 주고 싶은 것뿐이야."

'그러면 네가 직접 싸우든가!'

하지만 이제 노형진과 싸워서 이길 방법은 없다.

'나보고 스트레스 해소를 대신 해 달라는 거냐?'

주식태는 어이가 없었다.

그가 경비원에게 스트레스를 해소한 것은 사실이다.

그런데 이제는 도리어 그 자신이 그러한 스트레스 해소의 대상이 되어 버린 것이다.

'젠장.'

그러나 이미 늦었다.

손하균은 그를 이용해서 스트레스를 풀 생각을 하고 있었다.

더군다나 태양은 현재 그다지 상황이 좋은 것이 아니었다.

정권이 바뀌면서 갑자기 줄 끊어진 연 신세가 되어 버렸기 때문이다.

거기에다 홍안수의 재판도 질 수밖에 없는 상황이었다.

"시키는 대로 하겠습니다."

고개를 숙이는 주식태의 모습을 보며 손하균은 미소를 지었다.

"그래야지, 후후후."

⚖

"고소요?"

"네. 어젯밤 집에 경찰이 들이닥쳤습니다."

노형진이 집으로 들어가기 위해 아파트 입구에 들어서자마자 다급하게 달려오는 경비.

그는 얼굴이 핼쑥해져서는 어쩔 줄 몰라 하고 있었다.

그리고 그에게 사정을 들었을 때 노형진은 눈을 찌푸렸다.

"경찰? 아니, 왜요?"

경비원의 집에 경찰이 들이닥쳐서 압수수색을 하고 갔다고 한다.

경비원은 당황해서 허둥거리다가. 무슨 일이 생기면 오라고 했던 노형진의 말이 생각나서 다급하게 달려온 것이었다.

"그게, 제가 도둑질을 한 것 같다고…….."

"도둑질? 아저씨가요? 도둑질할 거나 있습니까?"

이 아파트는 모든 집의 보안이 철저하다.

경비원이 갈 수 있는 공간은 오로지 아파트 안의 계단뿐이다.

당연히 남의 집 문을 열고 들어갈 수는 없다.

"없습니다. 저는 진짜 억울해요."

경비원은 당장이라도 울 것 같은 표정이었다.

그는 한낱 경비원일 뿐이다.

그런데 마치 샌드백처럼, 노형진을 대신해서 두들겨 맞고 있었다.

'나 대신 이 사람한테 스트레스를 풀겠다는 건가? 아니야. 내가 나설 거라는 걸 모를 리가 없는데?'

하물며 노형진이 자신의 슈퍼 카까지 부수어 가면서 개싸움을 걸었다.

그런데 이런 상황이 되어 버리면 노형진이 나서지 않을 거라고 생각하는 게 더 이상한 일이다.

'왜 뜬금없이…….. 대충 이해는 가지만 그래도 너무 황당한데.'

하지만 당장 눈앞에서 곤란해하는 경비원을 보니 아무래도 그냥 넘어가는 것은 문제가 있어 보였다. 어떻게 보면 일을 키운 건 그의 고질적인 오지랖 때문이니까.

어찌 되었건 경비원을 진정시키는 게 우선이었다.

정확하게는, 그에게 상황을 정확하게 인지시킨다는 표현
이 맞겠지만.

"이거 악질이네요."

"악질요?"

"네. 변호사들 중에서 가끔 이런 경우가 있습니다."

변호사는 법에 정통하다.

그리고 그건 남을 위해 써야 하는 능력이다.

"그런데 가끔 이런 식으로 행동하는 사람들이 있지요."

법을 알고, 법을 악용하는 거다.

대표적인 예가 바로 과거에 노형진이 무너트린 청계다.

그놈들은 아예 범죄를 설계해 줬으니까.

"그 정도는 아니더라도, 변호사들 중에 장난을 치는 놈들
은 제법 많습니다."

이번에 주식태가 그 선을 넘었다고 하지만, 다른 변호사들
또한 자신의 능력을 이용해서 상대방을 농락하기도 한다.

'좋은 게 좋은 건 아니라고 하지만······.'

나쁜 걸 고치기 위해 그런 거라면 이해가 간다. 하지만 자
신의 이득을 위해 그러니까 문제인 거다.

"아니, 제가 뭘 잘못을 했다고요?"

"그 절도라는 게 진짜 애매하거든요."

"네?"

"솔직히 아파트에서 쓸 만한 게 나오기도 하지 않습니까?"

부자들이 사는 아파트이다 보니 쓰다가 질리면 버리고 새 물건을 사는 경우가 제법 많다.

그리고 외부에서 봤을 때 그건 제법 쓸 만하다.

"그런 건 종종 중고로 팔고 그러셨잖아요."

"아니…… 그건…… 버린 거니까……."

말을 잘 못 하는 경비원.

노형진은 그런 경비원을 다독거렸다.

"뭐라고 하는 거 아닙니다. 괜찮아요. 그거 원래 불법 아닙니다."

버린 이상 소유권을 가진 사람이 없으니 그 물건을 누군가 주워서 파는 건 절대 불법이 아니다.

'일반적으로는' 말이다.

"하지만 법이라는 게 참 애매하거든요."

그 주인은 물건을 버렸다.

그 버린 장소는 당연히 쓰레기장이다.

그런 경우 그 소유권이 없어지는 것인가, 아니면 그 소유권이 아파트 공동체로 넘어가는 것인가에 대한 문제가 생긴다.

전자라면 팔아도 상관없지만, 후자라면 그건 명백한 절도가 된다.

"쓰레기장인데요?"

"그런 판례가 있어요."

모 아파트에서 사람들이 박스를 버리면 그 아파트의 경비원들이 그걸 가져다가 정리하고 쌓아서 재활용으로 판매한 적이 있었다.

누가 봐도 버린 거였고 그걸 쓰겠다는 사람도 없었다.

종종 이사 때문에 그걸 달라고 하는 사람이 있으면 당연히 무료로 나눠 줬다.

하지만 시간이 지나면서 박스가 제법 많아지고 공간을 차지하자, 경비원들은 그걸 팔아서 약간의 소득을 얻었다.

거의 6개월 동안 모은 박스를 팔아서 얻은 소득은 대략 20만 원선.

그걸 주워 오고 정리하고 관리하는 부분을 생각하면 절대 많은 수익은 아니다.

"하지만 그 당시에 그곳을 관리하던 관리 회사에서 그분들을 업무상횡령으로 고소했습니다."

"네에?"

그들 입장은, 버린 물건을 팔아서 나온 돈은 당연히 아파트를 관리하면서 나온 돈인데 그걸 사사로이 챙겼으니 횡령이라는 것이었다.

'이게 말도 안 되는 소리이기는 한데…….'

애초에 버려지는 물건이다.

그 이후에는 소유권이 없는 게 사실이고 말이다.

물론 그걸 관리하는 게 경비로서의 업무가 맞기는 하지만, 그렇다고 해서 그 소유권이 관리 회사로 이전되었다고 볼 만한 법률적인 근거는 없었다.

"하지만 실제로 그분들은 횡령으로 처벌받았지요."

"그, 그런……."

"그 이후부터 관리 회사들이 쓰레기를 관리하게 된 겁니다."

재활용품을 가져다 팔면 돈이 된다.

그게 알려지면서, 너도나도 그 쓰레기에 대한 권리를 주장하기 시작한 것이다.

"아마 주식태는 그걸 알고 경비원 아저씨를 괴롭히려고 하는 것 같네요."

"아니, 왜요? 제가 무슨 짓을 했다고! 저는 아무 짓도 안 했습니다! 그런 판례는 몰라요!"

"그럴 겁니다. 이 판례는 잘 알려진 것도 아니고요, 그리고 이곳을 관리하는 관리 회사가 그걸 몰랐을 것 같지도 않고요."

"그게 무슨 말씀이신지?"

"알았다면 사전에 그런 걸 하지 말라고 했을 겁니다. 아까도 말씀드렸다시피 판례가 있는 사건이니, 그와 관련해서 관리 회사들이 교육하고 그러한 재활용 폐기물에 대한 소유권을 명확하게 하거든요."

그런데 현재는 이 아파트가 생기고 이미 상당한 시간이 지난 시점이다.

그럼에도 불구하고 경비원은 그걸 몰랐고, 심지어 관리 회사에서도 알려 주지 않았다.

"그러면 관리 회사에서 그걸 '묵인'해 준 겁니다. 쉽게 말해서, 그냥 가져다 파시라고 한 거죠."

"그러면?"

"그런 경우는 절도가 성립되지 않습니다."

일단 버린 물건이고, 그 이후의 처리는 관리 사무소에서 하는 게 맞다.

그런데 관리 사무소가 방치했다는 건, 그런 걸 팔아서 약간의 용돈 벌이하는 것 정도는 용납해 주겠다는 거다.

'경비원들은 박봉이란 말이지.'

이곳이 고급 아파트로 분류되는 것은 사실이지만 그렇다고 해서 경비원들에게 돈을 많이 주는 것은 아니다.

사실 경비원이라는 직업은 대부분 거의 최저임금이다.

그래서 몇몇 관리 사무소들은 그런 걸 처분해서 부족한 월급에 조금이나마 보탬이 되도록 묵인해 주는 경우가 많다.

실제로 가난한 아파트와 부자 아파트의 그런 차이가 존재하는 게, 경비원들 사이에서 널리 소문이 퍼져 있을 정도다.

오죽하면 어차피 종놈 노릇 하려면 부잣집에서 하라는 격언(?)이 있겠는가.

똑같은 종이라고 해도 그 대우가 달라지기 때문이다.

'나도 그렇고, 엄밀하게 말하면 주식태가 고소할 이유는 없는데 왜 고발까지 해 가면서 괴롭히는 거지? 아니, 그런데 주식태가 과연 몰랐을까?'

아무리 생각해도 그럴 것 같지는 않다.

그런데 그걸 절도로 고소했다라……

그것도 경비원이 노형진에게 달려올 걸 뻔히 알면서 말이다.

'더군다나 수색? 고작 폐기물 몇 개 가져다 판 거 가지고?'

그걸로 압수수색영장이 나올 리가 없다.

판사가 미쳤다고 그런 걸로 압수수색영장을 발부해 주겠는가?

한 가지 가능성만 빼면 말이다.

'이거 나한테 덤비라는 거지, 지금?'

노형진은 한숨을 푹 쉬었다.

"죄송합니다. 저 때문에 사이에 끼신 것 같네요."

"아니에요. 도리어 저 때문에 끼어드신 건데……. 도와 달라고 하는 게 염치가 없어서……."

"당연히 도와드려야지요."

노형진은 진지하게 말했다.

"저는 걸어온 싸움을 마다하는 타입은 아니거든요."

대리전

"왜 저런대요?"

민시아 변호사는 이해가 안 간다는 듯 물었다.

사건을 같이 해결해야 하는 사람이 필요해서 그녀에게 부탁한 것이다.

무거운 사건은 아니기에, 아직은 시간이 좀 부족한 민시아 변호사라고 해도 도와주는 정도는 어려운 일이 아니었다.

"뭐가 말입니까?"

"그, 주식태? 마음에 안 들면 노 변호사님한테 덤비면 되지 뜬금없이 경비원 아저씨는 왜 건드는 거래요?"

물론 입주민인 주식태가 경비원보다 갑의 위치에 있는 것은 사실이다.

하지만 그렇다고 해서 그가 남의 인생을 망칠 권한을 가지고 있는 것은 아니다.

더군다나 버려진 쓰레기에 관해서 그 관리 회사조차 묵인해 주는 상황이라면 그가 고발을 넣을 이유는 없다.

거기에다 단순 고발도 아니고, 압력을 행사해서 고작 이 정도 사건에 수색영장이 나오게 한다?

말도 안 된다.

그러면 답은 하나뿐이다.

"채림이 아버지가 거기 대표 아닙니까? 손하균."

"아, 맞다. 그랬죠."

"그래서 제가 성격을 잘 압니다. 손하균 씨는 능력이 됩니다. 야망도 있고요. 문제는, 그만큼 비정하지요."

직장인의 동료애? 서로를 배려하는 직장 문화?

그런 건 없다.

태양의 분위기는 단 한마디로 표현할 수 있다.

약육강식.

"채림이가 집을 나온 후로 집에 전화 한 통도 하지 않는 이유 중 하나가 바로 그겁니다."

그러한 약육강식의 논리를 손채림의 아버지인 손하균은 딸과 가족에게도 강요했다.

그러다 보니 못 버틴 아내는 이혼하고, 딸인 손채림도 손절을 하고 따로 나와 사는 지경이 된 것이다.

"손하균이 원하는 건 단 하나입니다. 바로 승리죠."

"노 변호사님과 비슷한 것 같은데요?"

"승리를 위해서는 뭐든 한다. 어떤 면에서는 비슷합니다. 최종 목적이 승리라는 점은 같지요. 하지만 시작점이 다릅니다."

노형진이 추구하는 승리는 의뢰인에게 최선을 다해서 이루어 내는 승리다.

그래서 어떻게 해서든 승리해서 의뢰인에게 도움을 주려고 한다.

"그에 반해 손하균의 승리는 말 그대로 그게 목적입니다."

패배하면 기회를 주지 않는다.

바로 축출 대상이 되는 거다.

"새론이 최선을 다해서 싸웠어도 별수 없었다면 포기하는 분위기인 데 반해 그들은 아닙니다. 필요에 따라서는 증인에 대한 린치나 공격도 마다하지 않으며, 심지어는 증인을 죽음으로 몰아가기 위해서 별의별 수를 다 쓰지요."

증인이 없으면 사건도 없다.

그게 바로 해결책인 경우, 태양은 진짜 죽이지는 않지만 증인을 자살시키기 위해 별의별 고소와 괴롭힘을 다 한다.

증인이 거기서 벗어나는 방법은 위증을 하든가 자살을 하든가, 둘 중 하나다.

"두 손을 직접 더럽히지 않을 뿐, 태양은 그런 방식으로 재판에서 승리해 왔습니다."

그리고 그게 회사의 승률이나 홍보에는 좋을지 모르지만 변호사라면 그 책임감은 어마어마하다.

"주식태가 안하무인으로 굴고 터무니없는 짓거리를 하긴 하지만, 그 배경에는 아마도 법무 법인 태양으로부터 받는 압박으로 인한 스트레스 문제도 있을 겁니다."

사람은 스트레스가 없으면 좀 더 온화해지기 마련이니까.

그러나 법무 법인 태양은 약육강식.

아무리 주식태가 부대표의 자리에 있다지만 그건 어디까지나 남을 꺾고 이겼을 때의 이야기다.

"하지만 매일같이 이기는 건 힘들죠. 특히 요즘 태양의 승률은 좋은 편이 아닙니다."

"어째서요? 아니다, 알 것 같네요. 정권이 바뀌었으니까."

"맞습니다. 정권이 바뀌었고, 그 때문에 더 이상 그들이 정권을 뒤에 두고 판결을 내리게 할 수는 없게 되었지요."

과거에는 정권에 반대되는 판결을 하면 국가 차원에서 보복하고 그마저도 결국은 2심에서 뒤집어지는 경우가 많았기에 대부분 태양에 유리한 판결을 했다.

"하지만 정권이 바뀌면서 태양은 줄 끊어진 연 신세가 되었지요."

물론 태양도 일본에 그동안 받아먹은 게 있기에 최대한 사건을 방어하기 위해 노력했다.

당장 재판 중인 홍안수의 변론을 담당하는 게 바로 태양이니, 그들이 얼마나 한 몸처럼 움직이는지 알 수 있는 부분이다.

"태양 쪽에서야 설사 살인마라고 할지라도 변호받을 자격이 있다고 주장하지만요. 뭐, 틀린 말은 아니지만, 그래도 목적이 다른 건 사실이지요."

태양은 어떻게 해서든 홍안수의 형량을 줄이기 위해 노력하고 있다.

"설마 태양이 일본의 사주를 받은 모종의 집단이라거나 그런 건 아니겠지요?"

민시아는 걱정스럽게 말했다.

홍안수 사건 이후에 사방에 숨어 있는 일본인 스파이가 그야말로 어마어마한 수준이라는 게 드러났으니까.

하지만 노형진은 고개를 흔들었다.

"손하균의 성격을 봐서는 그럴 가능성은 낮습니다."

"네? 하지만 그가 극도로 이기적인 사람이라고 하지 않았나요?"

"네. 그리고 안하무인이지요. 그렇기 때문에 누구 아래에 들어갈 사람은 아닙니다. 그의 실력은 진짜입니다. 일본에서 손하균을 포섭하려면 웬만한 돈으로는 안 될 겁니다. 애초에 채림이네는 엄청난 부자였습니다."

손채림은 심각한 길치 성향이 있었다.

그런데 이게 타고난 게 아니라, 평생을 오로지 운전사가 태워다 주는 차만 타고 다녀서 생긴 후천적 길치였다.

"아, 그런 일이 있었어요?"

"네. 어릴 때부터 그렇게 부자였으니 딱히 일본에 포섭되어서 그들을 위해 일할 이유가 없지요. 그는 일본 스파이는 아닐 겁니다. 비즈니스 관계에서 손잡을 수는 있겠지만요."

그리고 현 상황에서 그걸로 뭐라고 할 수는 없다.

어찌 되었건 일본은 한국의 동맹국이니까.

"그러면 이번 사건은, 그 주식태가 스트레스에 못 이겨서 저지른 짓이라는 뜻이군요."

"맞습니다."

"아무리 스트레스가 심하다고 해도 그렇지, 사람을 그렇게 공격한다는 게 이해가 안 가네요."

"저는 이해가 갑니다. 당해 본 경험이 있거든요."

"네? 의외네요? 그런 경험이 있을 틈이 없었을 것 같은데."

"하하하."

'회귀 전이니까.'

노형진이 회귀 전 군에서 제대하고 잠깐 아르바이트를 할 때, 매일같이 찾아와서 스트레스를 푸는 사람들이 있었다.

진짜로 뭐가 불편하거나 마음에 안 드는 게 아니라, 그저 화가 난 자신의 감정을 토해 낼 곳이 필요했던 것이다.

"더군다나 법무 법인 태양의 부대표 정도라면 상대하는 클래스가 있을 테니까."

대부분의 사건이 상위 클래스와 얽힌 건일 것이다.

이것이 법이다

지면 지는 대로 어마어마한 부담이고, 죄다 신분상 자신들보다 높은 사람들이니 당연히 그 스트레스가 어마어마할 수밖에 없다.

"그걸 경비원에게 푼 거고요."

그러다가 노형진과 엮이면서 이 싸움이 난 거다.

"그런데 의외네요. 보통이면 그냥 미안하다고 하고 넘어갈 일인데."

"아까도 말씀드렸다시피 손하균은 패배를 인정하지 못하는 사람입니다."

하물며 노형진에 대한 패배? 그건 치욕으로 받아들일 것이다.

그의 입장에서는 자신의 완벽한 삶을 파괴시킨 존재가 바로 노형진이다.

노형진 때문에 딸인 손채림이 그의 손에서 벗어났고, 아내와 이혼하고 그 과정에서 재산도 어마어마하게 빼앗겼으니까.

"이참에 주식태를 통해 대리전을 하려고 하는 거죠."

노형진은 어깨를 으쓱하며 말했다.

"그 과정에서 경비원을 이용하는 거구요. 제 성격을 아니까."

경비원을 공격하면 노형진이 방어에 나설 것이다.

그걸 예상하고 움직이기 시작한 것이다.

"아니, 노 변호사님이 나서지 않을 가능성도 있잖아요?"

"나서지 않으면 주식태 마음대로 한 사람의 인생을 종 치게 만들고 끝나는 거고요. 설사 문제가 해결된다고 해도 태양에는 피해가 가지 않습니다."

사건 대 사건으로 붙은 거다.

그러니 태양은 진다고 해도 딱히 피해가 없다.

"누군가를 대표로 방패 삼아서 싸우는 건 오랜 수법이지요."

가장 유명한 사건이 바로 군 가산점 재판이다.

그 당시에 여성 단체에서 방패로 내세운 것이 바로 장애인들이었다.

장애인들이 군 가산점을 못 받아서 공직에 진출하지 못한다고 소송하는 데 도와준 것이다.

물론 그 후에 장애인들은 여성 단체에서 버려졌다.

실제로 법률 세계에서 자신이 전면에 나서기 힘든 경우 다른 사람을 이용해서 소송하는 것은 그다지 드물지 않은 일이다.

"그쪽 사람들 진짜 마음에 안 드네요."

"민 변호사님도 아시지 않습니까, 사실 소송의 30% 이상은 감정싸움인 거."

소송이라는 것이 거창하고 인생을 걸고 싸우는 것처럼 느껴지지만, 사실 그렇지 않다.

아니, 그런 싸움이 없는 것은 아니나, 그건 보통 돈이 없는 사람들이 많이 한다.

절박하기 때문이다.

"하지만 돈이 있는 사람들이 하는 싸움은 대부분 결국 자기 기분 나쁘니까 상대방을 괴롭히려고 하는 짓인 경우가 많지요."

특히나 법에 대해 잘 아는 경우는 더더욱 그렇다.

"법대로 하자고 하는 사람들은 대부분 법을 모릅니다. 하지만 조용히 찌르는 놈들은 법에 대해 잘 알지요."

법대로 하자는 건 본인도 법에 대해 잘 모르니 법을 들먹이면 상대가 지레 쫄 거라 생각해서 내뱉는 소리다.

하지만 그런 말을 하지 않고 조용히 고소하거나 하는 사람들은 법에 대해 잘 알고 그걸 이용할 줄 아는 이들이다.

그중 상당수는 그 법을 자신이 지배할 수 있다 생각하고.

"짖는 개는 물지 않는다 이거군요."

"맞습니다."

크게 짖어 대는 개는 경고하는 거다.

접근하지 말라고.

물론 코너에 몰리면 물기는 하겠지만, 일단 경고한다는 점에서 사람이 피할 수 있는 기회가 있다.

"하지만 상습적으로 사람을 무는 개들이 있지요."

그런 개들은 인간을 사냥감으로 취급한다.

그래서 경고도 없이 조용히 다가가서 물어뜯는다.

"그런 개들은 방법이 없습니다."

누군가는 불쌍하다고 할지 모른다.

그러나 그런 개들의 처리 방법은 살처분뿐이다.

하물며 인간을 죽이는 인간도 사형에 처한다. 그런데 개라고 왜 특혜를 받아야 하겠는가?

"하지만 사건 자체가 애매한데⋯⋯."

민시아는 그게 걱정이었다.

이쪽에서 총력전으로 나가기에는 사건이 너무 작다.

그러나 경비원 입장에서는 사건이 너무 크다.

금액 자체는 얼마 되지 않지만, 확정되는 순간 경비원은 해직당할 수밖에 없다.

인생이 끝장나는 것이다.

"그러니 우리도 나름의 방법을 쓰죠. 우리도 대리전을 하는 겁니다."

"대리전이라⋯⋯."

"일단은 부녀회부터 털어 주죠."

주식태의 와이프가 부녀회장이라고 했다.

그래서 주식태는 그녀를 통해 관리 회사를 바꾸겠다고 압력을 행사하고 있었다.

"아! 기억났다!"

노형진의 말에 민시아는 손바닥을 마주쳤다.

이런 경우의 대응책을 노형진이 만들어 놨기 때문이다.

"조직폭력!"

"후후, 기억하시네요."

"저도 그 사건을 보고 황당했으니까요. 그리고 그런 해결책은 생각도 못 했으니까."

노형진이 이 아파트로 이사 오기 전 오피스텔에서 살 때, 그를 상대로 협박을 하던 부녀회가 있었다.

사실 한국의 부녀회에서 가지는 권력은 어마어마하다.

그 권력에 취해서 그들은 선을 넘었고, 노형진은 그들을 단순 폭행이 아니라 폭력행위등처벌에관한법률 위반, 즉 조직폭력배로 고소해 버렸다.

"그런데 부녀회를 만들었다고 뭐라고 할 수는 없지 않아요?"

"아니요. 뭐라고 할 수 있습니다. 원래 부녀회에 관련된 법적인 규정이 없거든요."

"네? 그게 무슨 말이지요?"

대표를 한다고 말하지만 사실 그들에게는 대표권이 없다.

엄밀하게 말하면, 애초에 칭호 자체가 부녀회다.

한국 사회에서 대부분의 아파트 명의는 남편으로 하는 경우가 많기 때문에, 부녀회가 운영되는 경우에는 정작 집주인인 남자가 가입하지 못하는 괴상한 형태가 되어 버린다.

"그래서 현재는 대부분 아파트 입주민 회의라는 형태로 구성되지요. 하지만 이곳에는 아파트 입주민 회의가 없습니다."

정확하게는, 만들려는 시도는 있었다. 하지만 이미 부녀회에서 권력을 잡은 상태였기에 말 그대로 시도로 끝날 수밖에 없었다.

"그러니 다시 한번 아파트 입주민 회의를 만드는 겁니다."

"입주민 회의가 구성되면 부녀회에서 공격해 들어올 거라는 거군요."

"맞습니다."

쉽게 말해서 떡밥을 던지는 거다.

그 떡밥의 냄새에 부녀회가 슬금슬금 모이게 될 것이다.

이권이 달려 있으니까.

"그리고 그걸 시킬 만한 마땅한 사람도 있지요."

"마땅한 사람이 있어요?"

"세상은 원래 그런 곳 아닙니까? 설사 부모가 호랑이라고 해도, 그 자식도 모두 호랑이가 될 수는 없는 법이지요."

⚖️

"아이고, 이 자식아! 나가서 취업이나 좀 해!"

"아, 좀! 엄마는!"

기준호는 엄마에게 등짝을 두들겨 맞으면서 집 밖으로 튕겨 나왔다.

"나라고 취업하기 싫은가?"

툴툴거리면서 그는 주머니를 뒤졌다.

그러자 담배가 나왔다.

"아, 씨발, 돗대야. 담배 살 돈도 없는데."

기준호는 긴 한숨을 쉬며 투덜거렸다.

그런 그의 몸에 그림자가 길게 드리워졌다.

"뭐 하냐?"

"어? 아저씨 왔어요?"

기준호는 고개를 들어서 노형진을 바라보고는 한숨을 쉬었다.

"언제나 똑같지요, 뭐. 구박데기 신세, 하하. 여기서 시간이나 때우다가 엄마 잠들 때쯤에 들어가야지요."

기준호에 대해서는 노형진이 몇 번 만난 적이 있어서 알고 있었다.

가끔 이렇게 쫓겨 나와 집 앞 놀이터 그네에 앉아서 시간을 보내곤 했다.

"너 요즘 자주 나온다."

"엄마 친구 아들이 또 등장했거든요."

"이해가 간다."

"에이, 아저씨가 무슨 이해가 가요. 아저씨야말로 엄마 친구 아들인데."

"하하하."

노형진은 피식 웃으며 그에게 말했다.

"같이 치킨이나 먹을래?"

"네?"

"내가 술 한잔 사 줄게. 맥주 한잔하러 가자."

"오오! 그렇잖아도 오늘 밤은 얄짤없이 굶어야 하나 싶었는데! 콜!"

기준호는 자리에서 벌떡 일어났다.

공짜로 치킨을 사 준다는데 거절할 이유는 없으니까.

노형진은 그를 데리고 근처의 치킨집으로 가서 술과 치킨을 사 줬다.

그렇게 맥주가 어느 정도 들어간 이후에 노형진은 기준호에게 슬쩍 떡밥을 던졌다.

"너 취업 힘들면 차라리 뭐 하나 만들지 그래?"

"뭘 해 본 적이 있어야지요. 아시잖아요, 경험도 부족하고 그런 거."

기준호는 쓸쓸한 표정이 되었다.

"인생의 패배자인데요, 뭘."

"네가 인생의 패배자는 아니지."

기준호의 아버지는 의사고 어머니는 간호사다.

그런데 기준호는 그저 지방대를 나온 취업 준비생일 뿐이었다. 그마저도 제대로 서류 통과도 못하는.

"네가 여기다 단체 하나 만들어."

"단체요? 그게 뭔 소리래요?"

"이 아파트에 아파트 입주민 회의가 없잖아. 그거 하나 만들어서 활동해 봐. 그건 비영리 법인이라 월급은 나와."

"아니, 그게 마음대로 되나요? 그 아줌씨들 때문에……."

기준호는 거의 집에 있기 때문에 부녀회에서 저지르는 횡

행을 아주 잘 알고 있었다.

"그래서 그러는 거야."

"네? 뭘요?"

"너 말이다, 그 여자들한테 엿 한번 먹여 보지 않을래? 이번에 도와주면 내가 네 취업은 확실하게 보장해 줄게."

기준호는 순간 흠칫했다.

그리고 침묵을 지키다가 눈앞에 있는 맥주를 한 번에 들이켰다.

"캬! 죽이네. 제정신으로 들을 말은 아닌 것 같으니까 함 들어 볼게요."

"그 정도는 아니고. 네가 입주민 회의를 하나 만들어서 부녀회를 들이받으면 돼."

"입주민 회의요?"

"그래. 너도 알지, 그거 만들다 실패한 거?"

"알죠."

그 당시에 그걸 만들려던 주민은 부녀회의 등쌀에 결국 쫓겨나다시피 이사를 해야 했다.

'생각해 보면 이사까지 할 일은 아니었단 말이지.'

그런데 이사까지 했다는 건 한 가지를 의미한다.

'그때도 주식태가 검찰이나 경찰을 통해 괴롭혔을 가능성이 아주 높아.'

그렇지 않다면 이 좋은 집을 두고 왜 굳이 이사까지 가겠는가?

"으음…… 엄마가 나 죽이려고 할 텐데…….."

그걸 두 눈으로 본 게 기준호이기에 그는 꺼림칙한 표정이
되었다.

"물론 너 혼자 싸우면 그렇겠지. 하지만 우리가 도와주면
어떨 것 같아?"

"도와주신다고요?"

"그래. 사실 부녀회랑 대판 할 일이 있거든."

노형진은 기준호에게 지금의 상황을 설명했다.

기준호가 취업을 못 해서 그렇지 나쁜 인간은 아니라서,
평소에 경비원들과 친하게 지내는 편이었다.

그의 부모들 역시 경비원들에게 명절에 작은 선물이라도
주면서 배려하는 타입이었고.

"아이고, 그 아저씨 결국 사고 치네."

"아는가 보구나."

"형진이 아저씨가 몰라서 그래요. 아주 동네에 소문이 파
다해요, 파다해. 수틀리면 일단 경찰에서 문 따고 들어간다
니까요."

"그래?"

노형진은 워낙 일이 많아서 집에 들어가는 시간이 상당히
늦는 경우가 압도적으로 많다.

심지어는 귀가를 못 하는 경우도 꽤 있어서, 사무실 한구

석에는 접이식 침대까지 있다.

"뭐, 수틀리면 일단 경찰이 와서 족치기 시작하니까."

어깨를 으쓱하는 기준호.

'어쩐지 이상하다 싶었어.'

아무리 전에 추진하던 사람이 이사까지 했다고 해도 누군가는 이런 것을 만들겠다고 나설 만한데 단 한 명도 나서지 않다니.

'안 나선 게 아니라 못 나선 거구만.'

사실 이런 아파트에서 나오는 돈은 생각보다 많다.

그걸 빼돌리기 위해 저들이 눈이 벌게져서 달려드는 것이다.

"아저씨 믿지?"

"으음…… 그런데 내가 나이도 어린데…….."

기준호의 나이는 고작 스물네 살이다.

사실 사회적으로 보면 아주 어린 나이다.

"그래서 네가 하면 되는 거야."

"네?"

"네가 움직이기 시작하면 저쪽은 만만하게 보고 덤빌 게 뻔하거든."

"와, 아저씨 은근 독하네."

"내가 좀 그렇지. 그리고, 형이라고 부르면 안 될까? 이제 같이 일할 건데 아저씨는 좀 그렇지 않아? 나이 차도 많이 안 나는데."

"우음……."

입을 삐쭉거리던 기준호는 슬쩍 물었다.

"그러면, 여기 정리되면 나 진짜 확실하게 취업 가능한 거예요?"

"야, 너도 인터넷 봤잖아. 나 노형진이야, 노형진."

노형진이 한 일들 중에는 외부에 드러나지 않은 것들도 많다.

하지만 드러난 것만으로도 노형진이라는 존재에 대한 믿음은 확실하게 얻을 수 있다.

"하긴, 그건 그런 듯?"

고개를 끄덕거리는 기준호.

"알았어요. 그런데 도와주신다고 해도, 이걸 나 혼자 할수는 없잖아요."

"알아. 그래서 제일 먼저 널 부른 거야."

요즘은 경기가 안 좋다.

당연히 아파트에는 적지 않은 미취업자들이 있다.

대낮에도 집에서 있다 보니 그들은 서로를 알고 지내는 편이다.

"어떻게, 해 볼 텨?"

"취업만 시켜 주신다면야."

노형진은 씩 웃으며 말했다.

"어차피 너희를 고용하면 시킬 일은 많으니까. 아, 여행

좋아하니?"

"여행요?"

"전국을 투어해야 할지도 모르거든."

"콜! 후후후."

기준호는 눈을 반짝거렸다.

기준호는 그다음 날부터 바로 사람들을 모았다.

그리고 며칠 지나지 않아 부녀회를 대신할 아파트 입주민 대표 회의를 발족한다고 공고를 냈다.

물론 그게 발족한다고 해서 모두 다 인정되는 건 아니다.

그것에 대해 입주민들이 동의해 줄 때의 이야기였다.

물론 노형진에게 있어서 동의는 필요 없었다.

"대가리에 피도 안 마른 새끼들이 뭘 해?"

"아니, 부녀회보다는 그게 정상 아닌가요?"

기준호는 용기를 내서 따져 물었다.

노형진의 예상대로 부녀회가 몰려와서 압박을 시작했기 때문이다.

"우리가 대표자인데 뭘!"

"하지만 부녀회가 공식적으로 뭘 위임받은 적은 없잖아요? 그러니 공식적인 투표를 통해 정하자구요."

"누구 마음대로!"

"그게 정상이잖아요!"

기준호는 작심하고 몰아붙였다.

돈을 벌기 위해 범죄도 저지른다는데, 그는 범죄를 저지르는 것도 아니다. 정정당당하게 바른말을 할 뿐이었다.

"저도 제가 나서서 하기는 하지만 그렇다고 해서 제가 꼭 해야 하는 거라고 생각은 안 해요. 그냥 아줌마도 출마하세요. 투표를 통해 제대로 선임받으면 누가 하든 상관없잖습니까?"

"어린놈의 새끼가 말본새가……!"

부녀회원들은 이를 박박 갈았다.

"아, 그리고 감사는 외부에 제대로 맡기는 걸로 하죠."

그게 가장 큰 문제였다.

만일 그게 실현된다면 부녀회의 대부분은 감옥에 갈 수밖에 없다.

즉, 부녀회에서 이 조건으로는 참가할 수가 없다는 건데, 그렇다면 당연히 사람들은 새로운 입주민 대표 회의에 표를 던질 게 뻔했다.

"이 어린놈의 새끼가! 야! 너 나와!"

"아악!"

갑자기 기준호의 머리채를 낚아채고는 끌어내는 부녀회 사람들.

그들은 끌려 나온 기준호를 쓰러트리고는 미친 듯이 밟기 시작했다.

"어린놈의 새끼가 못 하는 말이 없어!"

"너, 내 남편이 누군지 알아?"

"죽여! 죽여!"

그들은 자신들이 무슨 짓을 하는지도 모른 채 부녀회장의 말에 따라 미친 듯이 기준호를 밟았다.

⚖️

검찰청. 그곳에 노형진이 나타났다.

그리고 노형진이 나타나자 검찰청의 분위기는 살벌해졌다. 그가 나타날 때마다 피바람이 불곤 했기 때문이다.

"폭력행위등처벌에관한법률 위반으로 고소장을 제출합니다."

경찰에 고소해도 되지만 노형진이 굳이 검찰까지 와서 고소장을 제출하는 데에는 다 이유가 있었다.

고소장을 쓰면서 새로운 사실을 알았기 때문이다.

"고소장요?"

"네. 접수 부탁드립니다."

고소장을 접수하는 건 오래 걸리지 않았다.

사실 제출만 하면 모든 게 끝난다.

그래서 직원을 쓰거나 우편으로 제출하는 게 일반적이었다.

그러나 노형진은 그걸 제출하고는 어디에 가지 않고 검찰청 내부에 있는 휴게실에서 커피를 마시며 시간을 보냈다.

그렇게 한 30분쯤 지나자 노형진의 전화기가 미친 듯이 울리기 시작했다.

'빙고.'

노형진은 살짝 웃으며 전화를 받았다.

ㅡ노 변호사님, 남부지검…… 부부장검사인 이용해라고 합니다만.

"아, 그러세요? 안녕하십니까? 그런데 어쩐 일로?"

ㅡ죄송한데 시간이 되시면 만나 뵐 수 있을까요?

"다행히 제가 아직 남부지검에 있는데요. 올라가서 뵙죠. 바로 가능하십니까?"

ㅡ네, 가능합니다.

고개를 끄덕거린 노형진은 빙긋 웃으며 바로 위로 올라갔다. 사무실로 들어가자 이용해는 자리에 앉은 채 인사를 건넸다.

"방금 고소하신 게……."

"맞습니다. 조직폭력배들을 고소했지요."

이용해는 침을 꿀꺽 삼켰다.

'그래, 이래야 정상이지.'

노형진이 가지 않고 기다린 것은 그 부녀회에 이용해의 와이프가 있기 때문이다.

'검사 와이프라면 참 권력이 볼만하거든.'

여자들 사이에서는 남편의 계급이 권력이라는 말이 있다.

그리고 이용해쯤 되면 절대 낮은 계급은 아닐 것이다.

'그래서 이미 확인해 봤지.'

이용해뿐만이 아니었다.

고소장에는 어지간히 힘이 있는 사람들의 아내들의 이름이 상당수 들어 있었다.

'그럴 수밖에 없지.'

오피스텔의 경우는 거기에 사는 사람들이 많다.

애초에 오피스텔은 가족이 주거할 만한 구조의 건물은 아니기 때문에 거기에서 사는 사람들의 남편이 힘이 있는 자리에 있을 가능성은 높지 않다.

하지만 이런 최고급 아파트라면?

'그리고 고소자가 나라면 이야기가 달라지거든.'

주식태나 손하균이라면 따로 청부를 해야겠지만, 고소자가 노형진이라는 것만으로 그들은 잔뜩 겁을 먹을 수밖에 없었다.

그렇다고 노형진이 그들에게 죄를 만들어서 뒤집어씌운다는 건 아니다.

그저 그들이 평소에 하던 짓, 즉 범죄의 은폐가 물 건너가는 상황이기 때문이다.

"제 아내가 무슨 잘못을 했는지……."

"소장을 보셨을 텐데요? 폭력 조직을 만들어서 밤중에 여덟 명이 몰려가서 청년 한 명을 집단 구타했습니다."

"하지만 이건 그냥 부녀회일 뿐인데……."

"애초에 폭력 조직에 이름이 붙을 필요는 없지요. 그들이 하나의 집단을 구성한다는 포괄적 개념만 있으면 됩니다."

실제로 폭력 조직들 중에는 이름 없이 그냥 몰려다니며 활동하는 놈들도 있다.

그런 경우는 폭력 조직에 경찰이 임의로 이름을 붙여 줘 버린다.

비록 그렇게 만들어진 게 딸기맛미역 파 또는 김치맛컵라면 파 등등과 같이 괴상하다는 게 문제지만.

"이런 경우는…… 검은장미칼날 파 어떠십니까? 왠지 간지도 나고. 이걸로 밀고 가야겠네요."

이용해는 진땀을 흘렸다. 결코 농담으로 들리지 않았으니까.

실제로 그런 이름으로 언론에다가 이에 관한 기사를 내게할 수 있는 것이 바로 노형진이다.

"아니면 좀 정열적으로, 붉은장미로 하는 게 나을까요?"

"제가 잘못했습니다, 노 변호사님."

"검사님이 뭘 잘못하셨습니까, 잘못한 건 폭력 조직을 만드신 아내분인데."

"폭력 조직 아닙니다."

"그래요? 제가 같이 제출한 증거자료 못 보셨나 보네요. 아주 잘근잘근 잘 밟던데."

"……."

"그리고 그렇게 피해를 입은 사람이 이번 고소자만이 아니었던데요?"

이용해의 얼굴에서 땀이 미친 듯이 흐르기 시작했다.

아내의 부탁을 듣고 몇 번 이유도 없이 소환한 적이 있었으니까.

"노 변호사님, 저희가 어떻게 해서든 사과할 테니……."

"사과만으로 끝날 이야기가 아닙니다."

노형진은 진지하게 말했다.

"폭력 조직에 속해서 사람들을 압박한다는 건 허용할 수 없는 범죄 아닙니까?"

"그냥 부녀회일 뿐입니다."

"애초에 부녀자라고 해서 폭력 조직을 만들지 말라는 법은 없지요."

실제로 많은 여자들이 폭력 조직을 이끌기도 한다.

때로는 물려받기도 하고, 때로는 자신이 세우기도 한다.

"현행법상 여자라는 이유로 처벌에서 면제된다는 조항은 없습니다."

노형진이 차갑게 말을 이어 갈수록 이용해는 어찌해야 할 바를 몰랐다.

다른 사람이 한 고소라면? 무시하면 그만이다.

자신이 무혐의로 종결 처리할 수 있으니까.

하지만 노형진이라면 그게 안 된다.

"노 변호사님, 이건 오해가 있었습니다. 저희 아내는 속은 겁니다."

그러면 그런 경우에 대응책은 뭐가 있을까?

하나뿐이다.

바로 그 죄를 남에게 뒤집어씌우는 것.

"그게 무슨 말씀이시지요?"

노형진은 천연덕스럽게 물었다.

이용해가 하고자 하는 말을 모르는 바가 아니기 때문이다.

"아내는 이용당한 것뿐입니다. 단순한 모임이라고 생각해서 나간 거고……."

"부녀회가 아무런 권한이나 위탁도 없이 임의로 그 지역에서 갈취와 폭행을 해 왔는데 몰랐다고요?"

"진짜 몰랐습니다. 저희가 그걸로 인해 이득을 얻은 것도 없고……."

'그건 사실이지.'

어딜 가나 더러운 일은 아래에서 하지만 그 이득은 위에서 먹는다.

부녀회도 마찬가지.

그 지역의 권력을 잡고 그곳에서 나오는 돈을 빼돌리는 건 위의 일부고, 아래에서 일하는 대부분의 일반 회원들은 그들에게 차나 커피 같은 걸 얻어먹는 선에서 끝나는 것이 보통이다.

그런 일반인들은 그게 범죄라는 걸 인식조차 하지 못하는 경우가 많기 때문이다.

"그러면 그렇게 조사하시면 되겠네요."

"네?"

"아니, 그게 진짜인지 아닌지 조사해서 확인해 보시면 되지 않습니까? 제가 검찰도 아니고. 저는 고소장을 넣는 변호사일 뿐입니다. 진실을 찾는 건 검사와 판사의 책임이지요."

노형진은 웃으며 말했다.

그리고 그게 무슨 의미인지 알아챈 이용해는 고개를 크게 끄덕거렸다.

"어떻게 해서든 제가 그 진실을 찾아내도록 하겠습니다!"

⚖️

"여보! 살려 줘, 여보!"

"뭐야! 너희 뭐야!"

주식태는 자신의 아내를 끌고 가는 경찰들을 뜯어내려고 몸부림을 쳤다.

하지만 경찰들은 그런 그를 구석으로 강하게 몰아붙였다.

"더 이상 방해하시면 공무집행방해죄로 체포하겠습니다."

"체포? 내가 누군지 알아? 변호사야, 변호사!"

"변호사님이면 더 잘 아시겠네요. 지금 정식으로 구속영장이 나온 상황입니다. 그런데 그걸 방해하시겠다면 저희는 진짜 체포하는 수밖에 없습니다."

그렇게 말하며 경찰들은 영장을 내밀었다.

그걸 확인한 주식태는 부들부들 떨면서 아내가 잡혀가는 모습을 멍하니 쳐다볼 수밖에 없었다.

"여보! 나 좀 살려 줘!"

"꺼내 줄게! 걱정하지 마! 금방 꺼내 줄게!"

주식태는 아내가 경찰차에 실려 가자 멘탈이 나가 버린 아이들을 바라보았다.

"진정하자. 응? 진정해. 알았지?"

아이들을 진정시키면서 그는 다급하게 핸드폰을 들어서 영장을 내준 판사에게 전화를 걸었다.

"박 판사! 이거 뭐야! 아니, 내 아내한테 왜 영장을 친 거야!"

박 판사는 그도 아는 사람이다.

심지어 몇 번의 행사에서 아내와 같이 본 적도 있다.

그런데 영장을 쳤다는 게 이해가 가지 않았다.

─자네 아내 말인가? 폭력 조직을 운영했다는 제보가 들어와서 말이지.

"무슨 말도 안 되는 소리야!"

─제보뿐만이 아니야. 야밤에 사람들을 동원해서 폭력을 휘두르는 장면이 찍혀 있는 영상이 증거로 제출되었네. 거기

에 속해 있던 사람들의 증언도 있었고.

"뭐?"

주식태는 당황했다. 처음 듣는 사실이었기 때문이다.

－내부인의 증언도 있었다고, 이 사람아. 이런 상황인데 어떻게 영장을 안 쳐?

"아니, 그 정도는 막아 줄 수 있잖아."

－다른 사람이면 막았지. 그런데 이거 고소 대리인이 누군지 아나? 노형진이야, 노형진.

주식태의 온몸에 소름이 쫙 돋았다.

－자네, 도대체 뭔 짓을 한 건가? 그쪽에서 자네를 족치려고 작정하고 덤비는 모양인데.

"아니…… 난……."

그는 그저 노형진을 찔러보는 정도로 사용된 도구일 뿐이었다. 그런데 이제는 그의 인생이 통째로 박살이 나는 느낌이었다.

－미안하지만 상대가 안 좋아. 나도 어지간하면 자네 편을 들어 주겠지만 그랬다가 얼마 전에 그 사달이 난 거 모르나? 그 제3의눈인지 눈깔인지에서 현상금을 걸어 버리면 내 인생도 끝이야.

"이…… 이보게."

－이미 구속영장은 나갔고 나는 해 줄 수 있는 게 없네. 영상 증거에 증언까지 나온 판국에 나보고 어쩌라는 겐가?

"그렇다고 해서……."

─나도 대충 소문은 들어서 알고 있네만, 도대체 무슨 생각을 하는 건지, 원.

주식태가 더 이상 뭐라고 하기도 전에 전화를 끊어 버리는 박 판사.

주식태는 끊긴 전화기를 물끄러미 바라보면서 입술을 깨물었다.

주식태의 아내가 잡혀가면서 아파트 내에서는 자연스럽게 입주민 회의를 통한 새로운 대표의 선발이 시작되었다.

그리고 기준호가 거기에 나서서 정식으로 대표가 되었다.

기준호의 부모는 다소 탐탁지 않은 눈치였지만 그렇다고 해서 하지 말라는 소리는 하지 않았다.

일단 기준호에게 상황은 대충 들었기 때문이다.

"민시아 변호사님하고 그동안의 서류를 확인했어요. 아주 개판이던데요?"

호프집에서 치킨과 생맥을 앞에 두고 닭 다리를 뜯으면서 기준호는 혀를 내둘렀다.

"그동안 빼돌린 돈이 못해도 4억은 넘을 것 같아요."

"그럴 만하지. 그러니까 제대로 처리해서 넘겨. 경찰이랑 검찰에서 알아서 해결해 줄 거야."

"그러면 제가 할 일은 여기서 끝인가요?"

"일단은 끝이지. 다만 내부에서 나오는 기존 부녀회에 대한 고발은 별도이지만."

"걱정하지 마세요. 제가 확실하게 할 테니까. 그러면 저는 이제 뭘 하는 거예요?"

"지금까지와 똑같은 일."

"네?"

이번에야 부녀회가 있었다고 하지만 다른 곳은 입주민 대표자 회의가 있다.

그런데 그들이라고 깨끗할까?

그럴 리가 없다.

감투 자리가 생기면 일단 돈부터 챙기는 게 우선이다.

"너희는 돌아다니면서 그런 사람들을 설득하는 거야. 어디에나 불만을 가진 사람들은 분명 있거든. 너도 알지, 우리 새론이 기획 소송하는 거? 이미 몇 개 팀이 돌아다니면서 설득 작업 중이다. 너도 그걸 하면 되는 거고."

그렇게 그들을 설득해서 그 지역의 부녀회나 입주자 대표 회의를 대상으로 소송하는 것.

그게 노형진이 생각해 낸 새로운 일거리였다.

지금까지 그런 걸 체계적으로 한 로펌은 없었다.

'하지만 한국의 아파트 숫자를 생각하면 그 금액은 어마어

마해지겠지.'

새론의 목적은 기획 소송이다.

그리고 이건 명백하게 기획 소송의 영역 안에 들어간다.

"흠…… 그게 쉬울까요?"

"일단은 1층부터 공략하자고."

"네? 1층요?"

"그래. 너 1층 사는 사람들도 엘리베이터 관리비와 수리비
내는 거 알지?"

"알죠."

"그런데 지하 주차장이 없는 경우에는 그게 말이 안 된다
고 생각하지 않아?"

최근에 지어진 아파트들은 당연히 지하 주차장이 있지만,
옛날에 지어진 아파트들은 지하 주차장이 없거나 설혹 있다
고 해도 엘리베이터와 연결되지 않은 경우가 많았다.

심지어 일부 아파트들은 2층까지 엘리베이터 사용 제한을
걸어 두기도 했다. 전기세를 아낀다는 명목으로 말이다.

"어? 그러네."

당연히 그런 상황에서 1층 입주민은 엘리베이터를 쓸 일
이 없다.

실제로 이 문제로 소송이 걸렸고, 재판부에서는 1층에서
는 엘리베이터의 수리비와 관리비를 내지 않아도 된다는 판
결을 내렸다.

이것이 법이다

"그러니 그들을 상대로 조금씩 싸움을 거는 거야."

싸움은 소송이 될 테고, 소송은 상대방의 증거를 공개하는 과정이 될 것이며, 그 과정에서 상대방은 그 돈을 어디에 썼는지를 증명해야 한다.

"그리고 그 소송을 우리가 하는 거지. 물론 감사도 마찬가지야."

원래 감사라는 직책은 외부에서 들어와서 하는 게 정상이다. 하지만 대부분의 아파트들은 그마저도 자기들끼리 나눠 먹으며 해 처먹는다.

"그 감사를 우리 새론에서 하면서 아파트 사람들과 교류하는 게 너희가 할 일이야. 아파트마다 한 사람 정도씩 뽑히겠지."

"음…… 그런데 그게 돈이 될까요?"

돈이 되기는 참으로 애매해 보인다.

물론 소송비용이야 많이 나오겠지만 그게 떨어지면 끝이다.

"궁극적으로 아파트 내에서 그 사람이 하는 일은 감사와 주민과의 소통이지만 그게 가지는 위력은 그 이상이지."

"어째서요?"

"법률적 조언을 들을 수 있는 사람이 바로 옆에 있다면, 무슨 일이 터지면 어디로 가겠어?"

"아!"

당연히 가장 가까운 사람에게 갈 테고, 그게 바로 그들일 것이다.

그리고 그들을 통해 새론은 사건을 전담하게 된다.

"'우리 동네 변호사'의 상업적 버전인 거네요."

"눈치가 빠르네."

'우리 동네 변호사'는 변호사 협회에서 하는 일종의 법률 지원 서비스다.

그러나 현실적으로 크게 도움은 안 되는 게, 한 달에 한 번 정도 동사무소에 가서 무료 법률 상담을 해 주는 정도이고 그마저도 널리 알리는 편이 아니라서 사람들이 그런 걸 하는 것도 모르기 때문이다.

"하지만 너희는 아니지."

어찌 되었건 감사로 정식으로 월급을 받고 일하는 사람이고 법률 회사와 연결되어 있어서 스물네 시간 상담이 가능하다.

일이 터져 다급한 사람이 누구를 찾겠는가?

바로 변호사다.

"알겠어요. 그나저나 그러면 주식태 그 아저씨는 어떻게 되는 거예요?"

"주식태? 그 사람이야 뭐, 이제 시작이지, 후후후."

노형진은 자신 있게 말했다.

⚖

주식태는 아내의 구속영장을 풀기 위해 노력했다.

하지만 그게 쉽지 않았다.

"역시 그렇게 나오는군."

손하균에게 도움을 받기 위해 보고했지만 그가 해 준 말은 그게 끝이었다.

"알았어. 나가 봐."

"하지만 대표님, 제 아내가 구속되었습니다."

"자네는 변호사 아닌가? 그걸 왜 나한테 이야기하나?"

"도움이 필요합니다."

"범죄를 저지른 건 자네 아내야. 우리가 왜 그녀를 도와줘야 하는 거지?"

"네?"

"자네에게 도발을 하라고 한 건 사실이야. 그러나 자네의 아내가 저지른 범죄는 전혀 다른 문제지. 그 과정에서 그게 드러나서 공격당한 건, 결국 자네와 자네 아내의 문제야. 우리가 언제 그렇게 범죄를 저지르라고 했나?"

주식태는 입술을 깨물었다.

'이렇게 될 거라 생각은 했지만…….'

어떻게 해서든 아내를 풀어 주려고 했지만 방법이 없었다.

증거가 너무나 확실했다.

설사 조폭은 아니라고 해도, 야간 집단 폭행은 아주 심각한 범죄다.

"알아서 해. 나는 모르는 일이니까."

손하균은 차갑게 말했다.

"그리고 경고하는데, 여기서 나를 배신한다는 선택지를 고르면 무슨 꼴이 나는지 알지?"

"……."

"아내 영치금이라도 넣어 주려면 열심히 일해야 할 거야."

그 차갑고 무서운 경고에 주식태는 고개를 푹 숙일 수밖에 없었다.

"주식태는 배신하지 못할 거예요. 아마도 손하균이 저에 대해 잘 아니까, 경고했을 겁니다."

"하긴 노 변호사님은 그게 특기죠."

노형진이 가장 잘 써먹는 방법은 아래에서부터 치고 올라가기다.

능력도 되고 또 돈도 되는 이상, 아래에서 치고 올라가면 버틸 수 있는 사람은 많지 않다.

"하지만 손하균도 배신을 막을 정도의 능력은 있으니까요."

"그러면 주식태만 불쌍해진 거군요."

주식태가 싸움을 건 것은 손하균의 명령에 따라 한 것일 수밖에 없었다.

그 결과 그의 아내는 결국 실형을 피할 수 없게 되었고, 반대로 그가 고소했던 경비원은 혐의 없음으로 사건이 종결되게 생겼다.

"주식태가 그 꼴이 나고 부녀회가 사라졌으니 관리 회사에서 그걸로 굳이 위증까지 할 필요는 없거든요."

버려진 물건에 대해 관리 회사에서 소유권 주장만 하지 않는다면 사건이 성립될 가능성 자체가 없으니까.

"진짜 재판 한 번 안 하고 그냥 해결되는 건가요?"

"일단 경비원 아저씨 문제는 그렇죠."

노형진은 턱을 스윽 문질렀다.

"하지만 손하균이 영 괘씸하단 말이지요."

손하균은 뒤에서 사건을 조작하고 본인은 어떠한 피해도 입지 않았다.

물론 주식태가 노형진에게 당한 건 사실이지만, 그걸로 손하균이 피해를 입은 것은 아니다.

"그러니 제대로 한번 엿을 먹여야 할 것 같습니다."

"어떻게요?"

법적으로 어떻게 할 수 있는 방법은 전혀 없다.

고소를 하거나 처벌받게 하고 싶어도, 이건 그럴 만한 부분이 없다.

"간단합니다."

노형진은 어깨를 으쓱했다.

"기본적으로 모든 변호사들은 평등하지요."

로펌 또는 법무 법인이라고 불리는 법률 회사들에는 대표가 있고 이사가 있지만, 기본적으로 모든 변호사들은 평등하다.

하지만 현실은 언제나 시궁창이다.

"아마도 주식태는 구성원 변호사일 겁니다."

노형진은 빙긋 웃으며 말했다.

"하긴, 부대표쯤 되는 사람이 어쏘는 아니겠지요."

실제로 로펌의 모든 변호사들이 다 평등한 건 아니다.

자기 지분을 가지고 있는 변호사를 구성원 변호사 또는 파트너 변호사라고 하고, 그 아래에서 지분 없이 월급을 받고 일하는 사람들을 시니어 변호사와 주니어 변호사로 나눈다. 그리고 그들을 어쏘라고 한다.

"설마 어쏘를 공략하시려고요?"

"에이, 그럴 필요가 있나요. 큰 건이 있는데."

노형진은 미소를 지었다.

"큰 건?"

"주식태를 데리고 올 겁니다, 후후후."

주식태는 집으로 찾아온 노형진을 마주하며 침을 꿀꺽 삼켰다.

"나를 새론으로 데리고 가고 싶단 말입니까?"

"그렇습니다. 과거는 잊어버리고 같이 일하시죠."

"그건……."

"손하균이 무서우신가요?"

노형진이 갑자기 핵심을 찌르자 주식태는 입을 다물었다.

"저 바보 아닙니다. 이번 사건 뒤에 손하균이 있다는 것쯤 예상하는 건 어려운 일도 아니고."

"그걸 어떻게……."

"주식태 변호사님이 바보도 아니고, 저한테 단독으로 덤볐을 것 같지는 않아서요."

"……."

"적당히 대리전 하면서 저를 간보는 게 아마도 하균이 아저씨의 계획이었겠지요."

"하균이 아저씨?"

"좀 알고 지내는 사이입니다. 집안에서 사이가 좋지 않아요."

주식태는 입술을 깨물었다.

예상은 했지만 자신이 진짜로 도구 취급당했다는 사실을 직접 확인하게 되니 가슴이 찢어지는 것 같았다.

"지분, 얼마나 가지고 계십니까?"

"태양 말입니까?"

"그렇습니다."

"내가 가진 건…… 2%뿐입니다."

"2%라……."

많은 건 아니다.

하긴, 손하균의 성격을 생각하면 자신에게 덤벼들 정도의 세력은 절대 키우지 않을 것이다.

'내가 알기로는 손하균 혼자서 55%의 지분을 가지고 있었나 그랬지?'

그 말은 법무 법인 태양은 결국 손하균 혼자의 로펌이나 마찬가지라는 거다.

"뭐, 상관없지요. 그거, 손하균에게 팔고 오세요."

"뭐라고요?"

"제가 지켜 드리겠습니다."

노형진은 차분하게 말했다.

"그게 무슨 말입니까? 지켜 준다니?"

"손하균이 시킨 거 실패하셨죠? 그리고 경고받으셨을 테고."

움찔하는 주식태.

설마 경고받은 것까지 알 줄은 몰랐으니까.

"제 조건은 이렇습니다. 저희 쪽에서 합의서를 써 드리지요. 그리고 새론에 적당한 자리를 하나 만들어 드리겠습니다."

"그건……."

"고민하실 필요 없지 않습니까? 이미 경고까지 받은 상황이면 게임 끝난 거 아닌가요?"

손하균이 경고했다.

그 말은, 자신에 대한 주식태의 충성을 의심하기 시작했다는 거다.

"그리고 그 아저씨는 그렇게 의심이 가는 대상을 높은 자리에 둘 사람이 아니지요."

"큭……."

아마도 조만간 부대표 자리에서 내려와야 할 테고, 그 후에는 다시 이사급이 될 가능성이 크다.

"거기서 부대표를 하실 정도라면 상황은 다 아시지 않습니까?"

내려오면 그게 끝이 아니다.

내려오는 순간, 그는 회사 내부에서 일종의 버려진, 좌천 인사 취급을 받는다.

명함만 그럴듯할 뿐 버려진 이사. 그 누구도 그와 대화조차 하지 않게 될 것이다.

"그러니 미리 나오시라는 겁니다."

"그게 무슨 의미가 있습니까?"

"있지요. 지금 당신의 직책은 제법 비싸거든요."

"직책이…… 비싸요?"

"아무래도 손하균은 그 부분은 생각하지 못한 모양이지만……."

노형진은 피식 웃었다.

"가지고 있는 지분보다 더 비싼 게 바로 당신의 직책입니다, 후후후."

얼마 후 주식태는 그만두겠다는 의사를 손하균에게 전달
했다.

대부분의 경우 자신이 내쳐진 걸 알면 그게 당연한 수순이
기에 손하균은 별로 신경 쓰지 않았다.

아니, 그게 그가 원하는 방법이었다.

그가 55%의 지분을 모을 수 있었던 가장 큰 이유가 바로
이런 식으로 내쫓기는 사람들의 지분을 긁어모은 덕이었으
니까.

"그래, 갈 곳은 있나?"

"작게 개인 사무실을 할까 생각 중입니다."

주식태는 속마음을 감추고 나지막하게 대답했다.

지금까지 나간 모든 변호사가 그랬다.

모든 걸 포기하고 다른 곳에 취업하려고 했지만, 손하균이
무서워서 누구도 그들을 받아 주지 않았다.

"그래, 그동안 고생했어. 나가 봐."

아무런 감정도 없이 고개를 휘휘 젓는 손하균.

그 모습을 본 주식태는 고개를 꾸벅 숙이고는 사무실을 나
왔다.

그렇게 복도에 선 주식태.

그의 눈에 보인 것은 시선을 돌리면서 분분하게 멀어지려

고 노력하는 주변 사람들의 모습이었다.

"하아."

그는 긴 한숨을 쉬며 자신의 방으로 들어갔다.

명목상이든 무엇이든 그래도 태양의 부대표는 확실히 강한 힘을 가지고 있었다.

그러나 이제는 그게 사라졌다.

"그리고 내가 그걸 가지지 못한다면, 너도 가지지 못하지."

주식태는 이를 빠드득 갈았다.

⚖️

주식태는 결국 자기 지분을 팔고 태양을 나왔다. 그리고 새론으로 넘어갔다.

그러나 결코 조용히 가진 않았다.

"뭐라고?"

손하균은 그답지 않게 당황할 수밖에 없었다.

그럴 수밖에 없는 게, 쫓겨나듯이 나간 주식태가 새론으로 갈 줄은 몰랐던 것이다.

"노형진 이 미친놈은 도대체 어디까지 받아들이는 거냐!"

갑작스러운 보고.

주식태가 나가는 과정에서 그에 대해 손하균은 당연히 경계를 게을리하지 않았다.

하지만 일단 나간 후에는 더 이상 그가 할 수 있는 일이 없을 거라 생각했다.

그러나 그건 판단 미스였다.

"주요 고객들이 그쪽으로 빠져나가고 있습니다."

"큭, 주식태 이놈이 이런 식으로 배신할 줄이야!"

퇴직한 주식태. 그 이후에 어디도 가지 못할 거라 생각했다.

그런데 그걸 주식태는 다른 식으로 말했다.

"뭐? 우리가 미래가 안 보여?"

주식태는 퇴직 이후에 기존 고객들에게 인사를 다녔다.

그건 딱히 이상한 일은 아니었다.

퇴직 이후에 자리를 잡는 것은 전 회사에서 얼마나 손님을 데리고 나오느냐에 따라 결정된다.

제대로 된 사람들을 데리고 나오지 못하는 경우 개인 로펌을 열어도 먹고살기 힘들어진다.

그래서 나가서 인사를 하러 다니는 건 그다지 의심하지 않았다. 하지만 새론으로 가는 건 전혀 예상하지 못한 부분이었다.

"이런 미친놈이 진짜."

그리고 새론은 어떻게 보면 법조계에서 태양과 가장 거리가 있는 존재, 즉 라이벌이었다.

그런 상황이니 대부분의 사람들은 왜 태양에서 새론으로 넘어갔는지에 대해 주식태에게 이유를 물어볼 수밖에 없다.

그저 그런 계급도 아니고, 그는 무려 부대표였다.

내부적으로는 손하균이 세운 허수아비였을지 모르지만 외부적으로는 태양을 지탱하던 사람 중 한 명이었다.

그런 그가 태양을 그만두고 새론으로 간다?

그건 절대로 무시할 수 없는 일이었다.

"고객들이 말이 많습니다."

"젠장…… 이건 생각도 못 했는데."

더군다나 지난 정권에서 꿀을 빤 것은 새론이 아니라 태양이었다.

태양에서 로비를 잘해서 정부의 소송을 싹쓸이할 수 있었던 것.

하지만 이제 그 정권이 친위 쿠데타로 몰락했으니, 당연히 사람들이 조심스러운 눈빛으로 볼 수밖에 없었다.

그런 상황에서 다른 사람도 아닌 부대표였던 주식태가 이탈했다.

그러니 외부에서 봤을 때 상황은 그다지 좋게 보일 수가 없었다.

더군다나 자신의 지분까지 팔아 가면서 이직했다?

"당했군."

손하균은 이를 박박 갈 수밖에 없었다.

아무 피해 없을 거라 자신한 일이 결국 이렇게 눈에 보이는 피해가 되어 닥쳐와 버렸으니 말이다.

"주식태는 당분간 태양에서 다른 사람들을 빼 오는 조건으로 일하기로 했습니다. 직급은 부장급이고요."

"아주 소문이 자자하더군."

김성식은 어이가 없다는 표정이 되었다.

누구도 태양의 아성에 덤벼들 수 있을 거라 생각하지 않았다. 애초에 법무 법인 태양이 절대 만만한 곳도 아니었고.

그런데 거기에 있던 사람들이 무서운 기세로 빠져나오고 있었다.

"세상에 영원한 것은 없지요."

"그건 알고 있네만, 그래도 이건 생각 이상인데?"

"뭐, 간단한 겁니다. 세상이 아무리 좋아져도, 민주주의가 아무리 발달해도 권력이라는 건 결국 비슷하거든요."

태양은 지난 정권에서 꿀을 빨았다.

그리고 이번 정권은 지난 정권을 몰아내고 만들어졌다.

"하지만 박기훈은 재판에 끼어들어서 그 결과를 바꾸는 타입의 정치인은 아닌데?"

"그건 알 수가 없는 거죠. 진짜 중요한 건 그게 아닙니다. 진짜 중요한 건, 내가 불이익을 당할 수도 있다는 가능성이지요."

노형진은 느긋하게 말하면서 소파에 기대앉았다.

"그 상황에서 주식태의 이탈은 기존 사람들에게는 타격이 크지요."

만일 그가 개인적으로 사무실을 냈다면 아마 태양에는 별 타격이 없었을 것이다.

개인적으로 의뢰인들에게 인사를 다니며 읍소해 봐야, 거대 로펌인 태양에 의뢰하지 개인 변호사인 주식태에게 의뢰할 사람들은 거의 없었을 테니까.

"하지만 우리는 상황이 다르지요."

태양의 라이벌에, 모든 걸 버리고 투신했다.

더군다나 직급마저도 부장급으로 들어왔다.

회사로 치면 이만저만 직급 하락이 아니다.

"그런 일은 사람들에게 의심을 불러일으킵니다."

왜 그래야 했을까?

계속 그곳에 있었다면 어마어마한 돈을 벌었을 텐데, 모든 걸 버리면서까지 이탈해야 했던 이유가 뭘까?

"그리고 그건 사람들의 공포감을 자극하지요."

내부인이라면 뭐든, 바깥에서는 알 수 없는 뭔가를 알 수 있으리라는 생각.

그 의혹에 대해 주식태가 한 말은 한마디뿐이다.

–내부 기밀이기에 말씀드릴 수는 없습니다.

"주식태가 거짓말을 한 건 아닙니다."

하지만 부대표까지 했던 그의 말이기에 의뢰인들은 다급하게 태양과 손절을 하기 시작했다.

자칫 재판에서 져서 재산을 날리거나 감옥에 끌려갈 수도 있으니까.

"더군다나 아직 수사 중인 게 많으니까요."

막대한 뇌물을 받았던 홍안수.

그 돈이 과연 단순 뇌물인지 아니면 쿠데타 자금인지에 대한 문제도 해결되지 않은 상황.

"아! 그랬군. 지금 홍안수가 아직 재판 중이군."

김성식은 아차 했다.

이번 일과 그것은 관련이 없다고 생각했으니까.

"그렇습니다. 변호사라는 건…… 반쯤은 브로커니까요."

만일 누군가 태양을 통해 뇌물을 공여했다면, 재수 없으면 똑같이 쿠데타 자금이라는 의심을 받을 수도 있다.

"부자들은 정치권과 엮이는 걸 두려워합니다. 특히 지금처럼 더러운 시점에는요."

적당히 뇌물을 줄 수야 있지만, 자기 인생을 종 치게 만들고 싶어서 뇌물을 주는 사람은 아무도 없다.

"그러면 누구를 쓰겠습니까?"

"우리군."

뇌물을 주는 데 써먹었던 태양에 의뢰하면, 재수 없으면 패배할 수도 있다.

하지만 현 정권과 그나마 좀 친하다고 알려진 게 바로 새론이다.

"부자들은 이런 면에서는 엄청 예민하거든요."

그냥 동네의 알 만한 변호사를 쓰는 게 아니다.

학연에서부터 지연 그리고 혈연까지, 어떻게 해서든 영향을 줄 수 있는 사람을 찾으려고 하는 게 바로 부자들이다.

"그래서 제가 주식태가 거기서 도망쳐 나온 거라고 소문을 낸 거고요."

주식태는 그걸 부정하지 않았고, 내부의 권력자가 알아서 도망쳐 나온 시점에서 태양의 몰락은 확정이라는 느낌이 들수밖에 없었다.

"아마 손하균도 이번에는 속이 좀 쓰릴 겁니다."

"그리고 자네에게 장난은 못 치겠지."

"장난을 치려거든 다른 피해자를 만들지 말고 제게 직접해 줬으면 좋겠네요."

그렇게 된다면 노형진은 확실하게 그를 밟아 버릴 생각이었다.

"언젠가 꼭 그런 날이 오면 좋겠네요, 후후후."

전쟁을 하자 이거야

일본은 상황이 좋지 않았다.

최악의 경제 상황에서 내수가 무섭게 무너지고 있었다.

물론 어마어마하게 돈을 풀어 대면서 버티고 있지만, 현실적으로 오래 버티기는 힘들다는 게 중론이었다.

"어떻게 생각하나?"

야베는 중진들을 모아 두고 어느 때보다 심각하게 회의를 하고 있었다.

"한국을 공격하자는 말씀이십니까?"

"그래. 국민들의 시선을 외부로 돌려야 해. 지금 상황은 너무 안 좋아. 국내 기업들도 흔들리고 있고."

요이치 내무성 장관이 우려 섞인 목소리를 냈다.

"하지만 총리 각하, 그동안 우리는 한국을 무수히 때려 왔습니다. 그래서 반한 감정이 심한 것도 사실입니다. 그런데 더 이상 공격한다고 해서 뭐가 달라질지 모르겠습니다."

"단순히 한국을 욕하자는 게 아니야."

"그러면?"

"한국에 대한 경제제재를 하세."

"네?"

"아니, 그게 무슨 말씀입니까!"

눈을 크게 뜨는 장관들.

현재 사이가 좋지 않은 건 사실이지만 어찌 되었건 한국은 우방국이다.

그런데 그런 곳에 경제제재를 가하자니.

"미국에서 가만히 있지 않을 겁니다."

"아무 짓도 하지 않고 있으면 미국에서 우리를 그냥 도와줄 것 같나?"

"그건……."

"이미 우리는 돌이킬 수 없는 강을 건넜네. 미국이 도와주지 않으면 우리는 죽어. 그렇지만 미국에서 도와줄 생각을 하지 않고 있네."

"그거야, 미국의 대통령이 바뀐 지 얼마 되지 않았고……."

"하지만 그 대통령의 성향은 뻔하지 않나."

"……."

다들 침묵을 지켰다.

미국의 새로운 대통령 도널드 올드먼은 전형적인 사업가였고 오로지 미국의 이득만을 챙기는 인간이었다.

누구도 그가 대통령이 될 거라 생각하지 않았지만 그가 된 상황이었기에 전 세계는 아직 혼란에 빠져 있었다.

워낙 기본도 안 된 정치 감각으로 인해 어디로 튈지 모르는 인간이기 때문이다.

"한 가지는 확실하지. 우리한테 좋은 일은 아니라는 거야."

사실 일본은 절대 그가 대통령이 될 수 없을 거라고 생각했다.

그래서 공개적으로 그를 조롱하고 비난했다.

심지어 일본의 개그맨이 대놓고 비웃음거리로 삼기도 했다.

그런데 그가 대통령이 되었고, 그로 인해 일본과 야베는 아주 곤란한 상황에 처하게 되었다.

"다들 알지만 현 상황에서 일본에 그가 좋은 감정은 없네. 그에 반해 한국은……."

미다스는 다른 사람들과 다르게 도널드 올드먼에게 가서 줄을 섰고 그를 위해 막대한 정치자금을 투입했다.

물론 공식적으로는 마이스터와 미다스가 한 것이지만, 내부의 소식통에 따르면 노형진이 그를 설득했고 그동안 문제가 없던 미다스와 노형진 사이에서 심각한 언쟁이 있었다고 한다.

물론 이 소문은 노형진이 고의로 퍼트린 것이었다.

하여간 이번에는 노형진이 승리해서 도널드 올드먼에게 투자했고 그 결과, 막대한 이권을 쟁취할 수 있었다고 한다.

"한국이 더 앞서가네."

야베는 이런 상황을 인정할 수가 없었다.

자신들이 그들의 주인이었는데, 이제는 노예였던 한국이 더 잘나가고 있다.

이런 상황에서 그의 자존심은 시궁창으로 떨어지고 있었다.

"한국의 성장을 막아야 해."

"하지만 한국에 대한 경제제재를 다른 나라들이 도와주지 않을 겁니다."

"그러겠지. 하지만 우리가 한국보다 더 선진국이야. 우리가 아무리 공격해도 한국은 저항하지 못할 걸세. 우리가 한국에 독점으로 공급하는 물건이 어디 한두 개던가?"

"그건 그렇습니다만……."

"이번에 새로 대통령이 된 박기훈은 반일 감정이 아주 뚜렷한 인물이야. 시간이 지날수록 우리의 영향력에서 어떻게 해서든 벗어나려고 할 걸세."

박기훈뿐만이 아니라 한국 내부의 사정은 더더욱 그랬다.

모든 국민들이 일본의 행동에 이를 갈고 있는 상황이었다.

"이미 한국은 일본의 품에서 벗어나기 위해 수를 쓰고 있네. 지금 이대로 당하면 두 번째 기회는 없어."

그나마 지금 남아 있는 세력을 이용해서 타격을 주고 박기훈을 탄핵시켜서 한국에 다시 친일 정권을 세우는 게 야베의 목적이었다.

"내버려 두면 지금 그 안에 있는 세력은 조만간 사라질 테니까."

한국의 친일 세력에 대한 공격은 과거처럼 그저 욕하는 수준이 아니었다.

일단 조금이라도 친일 발언을 하면 국정원에 스파이 혐의로 미친 듯이 신고가 들어가는 지경이었다.

물론 그걸로 그들이 처벌까지 받는 건 아니지만, 그로 인해 잔뜩 주눅이 든 친일파들이 섣불리 활개를 치지 못하는 건 사실이었다.

돈을 받았다면 스파이 혐의가 거의 확정적인 데다가, 안 받았다고 해도 다른 죄를 캐물어서 처벌하기 때문이다.

"박기훈을 탄핵시키지 않으면 한국은 일본의 품에서 벗어나게 될 거야."

그나마 한국의 발전을 막고 있던 게 바로 숨어 있는 친일 세력이었다.

한국이 발전할 만한 사항에 대해 사사건건 반대하고 권력을 추구하며 오로지 일본에만 충성하던 그들.

"한국의 경제제재를 바로 준비하게."

노형진은 일본의 경제적 문제를 계속 감시하고 있었다.

원래 역사에서 벌어진 일도 있지만, 그들의 행동은 오로지 한국의 공격에 맞춰져 있다는 것쯤은 기본적으로 알고 있기 때문이다.

더군다나 이번 생은 회귀 전보다 일본의 사정이 훨씬 좋지 않은 상황.

도쿄 올림픽 개최권까지 반납할 정도로 사정이 좋지 않은 일본은 당연히 시선을 외부로 돌리려고 할 것이고, 그 대상은 뻔했다.

"경제제재?"

유민택은 노형진의 말에 심각한 표정으로 물었다.

"네. 그쪽에 심어 둔 정보원에게서 이상 징후가 발견되었다는 보고가 올라왔습니다. 일본 기업들이 갑자기 한국산 제품들의 주문량을 확 늘렸다고 합니다. 특히 반도체같이 제품 생산에 필요한 물건들을 말입니다."

"그게 경제제재의 신호라 생각하나?"

"아무래도 그럴 겁니다. 현재 일본의 수출량이 많은 건 아니지 않습니까?"

일본은 여러 가지 물건의 수출량이 줄어들고 있는 상황이다.

그렇다면 원자재의 수입량도 줄여야 정상이다.

그런데 도리어 몇 배가 늘었다.

'원래 역사에서도 그래서 걸렸지.'

경제의 기본도 모르는 야베는 경제제재를 준비하라고 했고, 수출입이 막힐 것에 대비해서 일본의 기업들이 대량으로 물품을 구비하면서 한국 기업들에 사전에 발각되었다.

당연히 한국 기업들은 미리 대비했고, 그 때문에 거의 타격을 입지 않았다.

하지만 그건 미래의 일이고, 현재 일본은 자신들이 확실하게 타격을 입힐 수 있을 거라 생각하고 움직이고 있었다.

"일본에서는 이번에 분명 경제제재를 통해 한국에 타격을 입히려고 할 겁니다."

"하긴, 그것 말고는 이유가 없어 보이기는 하는군."

유민택도 노형진이 내민 자료를 보면서 고개를 끄덕거렸다.

현실적으로 그렇지 않다면 이렇게 막대한 양의 물건을 요구할 이유가 없다.

"하지만 여전히 이해가 가지 않는 부분이 있네. 일본이 그럴 여력이 될까? 자네의 정보력을 무시하는 건 아니지만, 일본이라는 나라가 가진 지금의 능력을 판단하면 압력을 통해 한국을 압박하는 건 무리라고 보이는데?"

"일종의 버리는 패를 이용한 발악이라고 보시면 됩니다."

"일종의 발악이라고?"

"정치적으로 소멸되어 가는 중인 한국의 일본 지지 세력을 이용해서 혼란을 획책하겠다 이거죠."

"그게 가능하겠나? 아니, 그걸 떠나서, 그런 짓을 하면 경제적 타격이 오지 않나?"

유민택은 이해가 가지 않는다는 표정으로 말했다.

상식적으로 경제제재라는 것은 자국의 타격을 감수하고 해야 하는 일이기 때문이다.

그걸 감수할 능력이 되지 않는다면 도리어 역풍이 몰려온다.

정상적인 사람이라면 그런 생각을 할 수가 없다.

"정상적인 국가의 정상적인 정치인이라면 그렇겠지요. 하지만 일본의 정치인들은 환상 속에서 살고 있습니다. 지금까지 일본에서는 정치인들에게 저항한 세력이 단 한 번도 없었으니까요."

한국은 정치 환경이 무척이나 복잡하다.

당장 재벌가와의 관계도 있고, 다른 정치인 집단과의 싸움도 복잡하며, 언론에서부터 검찰, 판사까지 이런저런 권력 집단도 많다.

물론 끼리끼리 붙어먹으며 권력을 나누고 있기는 하지만, 어찌 되었건 다른 적이 존재한다는 것은 분명하다.

"하지만 일본은 아니지요."

사실상 특정 정당이 중국의 공산당처럼 권력을 수십 년째 유지하고 있고, 그게 바뀐 건 단 한 번뿐이었다.

그나마도 오래가지 못했다.

어쩌다 보니 권력을 넘겨받긴 했지만 너무 오래 야당으로 살아온 탓에 어쩔 줄 몰라 하다가 자멸했던 것이다.

"천적이 없다 보니, 누가 뭐라고 해도 자기 말이 맞다고 생각하지요."

"으음……."

"툭 까고 말해서, 일본 정치인들에게 제대로 된 경제정책 관념이 있었다면 일본이 이 꼴은 안 났습니다."

"하긴 그건 그래. 정치를 오래 하다 보면 현실감각을 잃어버리기는 하더군."

유민택도 알 것 같다는 듯 고개를 끄덕거렸다.

많은 정치인들을 만나 본 그이니까.

권력적인 부분에서는 국회의원보다 더 윗선에 있는 게 바로 재벌이다.

재벌의 돈은 영속적이지만, 국회의원의 권력은 임기가 끝나면 심판받아야 하기 때문이다.

그런데 가끔 3선쯤 되는 의원들 중에 유민택에게 기어오르며 돈을 뜯어내려고 하는 자들이 있었다.

3선 의원은 존중의 대상이지 절대적 갑은 아닌데도 불구하고 유민택을 무시한다.

정치판에서 구르고 구르다가 현실감각을 잃어버린 것이다.

"한국도 그 지경인데, 일본이야 더하면 더했지 결코 덜하지는 않을 겁니다. 일본의 재벌은 철저하게 정경 유착이 되어 있으니까요."

"자네 말마따나 경제제재는 확실하게 이루어진다고 봐야 겠군."

"네."

"일단 내 다른 사람들에게 이야기해 두도록 하지. 뭐, 자 네 말이라고 하면 누구도 감히 무시하지는 못할 거야."

"그리고 돈을 좀 준비해 두십시오."

"돈? 돈은 왜?"

"역습이 시작되면 일본 경제가 흔들릴 겁니다. 그때를 노 려야지요."

유민택은 빙긋 웃었다.

"돈이 되는 일은 언제나 환영이지, 후후후."

⚖

몇 달 후 일본은 원래 역사보다 더 빠르게 경제제재를 발 표했다.

이유는 원래 역사와 동일했다.

북한에 대한 제한 물품의 수출이 원인이라고 말이다.

'원래 역사에서는 지소미아 가지고 뭐라 했는데 애석하게 도 그게 안 되네.'

노형진은 뉴스를 보다가 입맛을 다셨다.

미국에서는 한국과 일본이 지소미아, 즉 한일군사정보보호협정을 맺기를 원했지만 홍안수가 스파이라는 사실 때문에 일본에 대한 적대감이 커서 결국 맺을 수가 없었다.

　정확하게는, 맺어지기는 했다.

　그러나 그 시기가 친위 쿠데타 때였기 때문에 법적으로 그 시기에 맺어진 모든 조약은 무효가 되어 버렸다.

　그래 봤자 지소미아 말고 다른 건 없었지만 말이다.

　"이제 와서는 상관없지. 애초에 쓸모가 없으려나?"

　그 전에는 지소미아로 꿀 좀 빤 후에 협정 종료 문제가 터졌지만 이번에는 그럴 틈도 없었다.

　당연히 일본 입장에서는 그게 그다지 중요하다고 생각할 이유도 없을 것이다.

　"뭐, 얼마나 가겠어."

　노형진은 미련 없이 뉴스를 꺼 버렸다.

　이제 남은 건 일본과 한국의 대립뿐이다.

　"슬슬 주식이나 긁어모을까."

　경제제재 발표 이후에 폭락한 주요 기업들의 주식들.

　그건 조금만 있으면 다시 올라갈 게 뻔하다.

　그래서 노형진은 그걸 모을까 하는 생각을 하고 있었다.

　그런데 그때, 누군가 인터폰을 눌렀다.

　"누구지?"

　확인해 보니 웬 시커먼 양복을 입고 선글라스를 쓴 남자들이 서 있었다.

"오밤중에 웬 선글라스? 하아."

노형진은 대충 감이 와 인터폰의 통화 버튼을 누르고 천연덕스럽게 물었다.

"어디서 오셨습니까?"

살짝 당황한 듯 보이는 남자들.

보통은 누구냐고 물으니까.

하지만 이내 담담하게 대답했다.

─큰집에서 왔습니다.

"저의 아버님은 큰집이 없으신데요?"

─크흠…… 청와대에서 나왔습니다.

"청와대에서는 무슨 일로?"

─조언이 필요합니다.

노형진은 잠깐 고민했다.

사실 예상은 했다.

경제제재의 정보를 흘린 건 노형진이니, 당연히 그 관련 정보에 대해 가장 잘 알고 있는 사람도 노형진일 거라는 결론이 나올 수밖에 없다.

그러니 그 대비책을 세우기 위해 조언을 구한다면 노형진을 부르는 건 당연한 일이다.

"신분증을 보여 주시겠습니까?"

신분증을 보여 주는 사람들.

이것이 법이다

노형진은 그걸 확인하고는 문을 열어 줬다.

그들이 올라오는 사이에 노형진은 옷을 입고 바로 나갈 준비를 했다.

"가시죠. 또 누가 필요한가요?"

"따로 모시러 갔습니다."

"그러면 차는 따로 타고 가겠습니다."

"네?"

"아니, 신분증만 믿고 덥석 같은 차 타고 갈 수는 없지 않습니까? 부른 적 없다면 통과되지도 않을 테니까 제가 알아서 타고 가겠습니다."

"알겠습니다. 저희는 먼저 가서 기다리겠습니다."

다행히 무슨 뜻인지 알아들은 양복의 남자들은 순순히 물러났다.

노형진은 자신의 차를 타고 청와대로 향했고, 그곳에 도착했을 때 이미 도착해 있던 유민택을 만날 수 있었다.

"의외네요."

"뭐가 말인가?"

"회장님들이 줄줄이 있을 줄 알았는데 유 회장님밖에 없다니."

"회장단 회의는 이미 끝났네. 나는 따로 불러들인 거야. 자네 말을 경제인단에 전달한 게 나니까."

노형진은 고개를 끄덕거렸다. 그랬을 수도 있겠다 싶었다.

"들어가시죠."

안으로 들어가자 넓은 회의실에는 수많은 장관들이 모여서 회의를 하고 있었다.

"그래, 두 분이 오셨군."

이제는 대통령이 된 박기훈은 단도직입적으로 물었다.

"두 분 생각은?"

"예나 지금이나 바뀌신 게 없네요."

"쳐 죽일 놈은 많은데 시간이 없거든."

"크흠."

옆에 있던 비서실장이 헛기침을 하면서 그를 말렸지만 박기훈은 노형진의 말대로 여전했다.

"어차피 단임직인데 뭘 어쩌라고 이러나. 애초에 국민들도 그러라고 날 뽑은 거 아니었나?"

"각하, 하지만 그래도 품위는……."

"품위는 개뿔. 어차피 대통령 임기 끝나면 포토 라인에 설건데 뭔 놈의 품위."

노형진은 피식 웃었다.

포토 라인에 선다는 말.

그건 대통령 임기가 끝나는 순간 다음 정권이 자신을 죽이기 위해 달려들 거라는 걸 알고 있다는 소리다.

사실 그건 피할 수 없는 현실이다.

그가 개혁 성향인 것은 맞고, 그를 반대하는 건 자유신민당뿐만 아니라 민주수호당도 마찬가지.

권력을 가졌던 자들은 어떻게 해서든 그를 죽이려고 달려들 것이다.

"사람 없는 데서 욕설 좀 한다고 형량 안 늘어. 걱정하지 말고 그냥 빨리빨리 진행해. 공식 석상에서나 조심하면 되는 거지."

"크흠…… 알겠습니다. 일단 상황은……."

"이 두 사람이 아무것도 모르고 왔겠나? 아까도 말했지만 쳐 죽일 놈 많다니까. 그렇잖아도 많아 죽겠는데 쳐 죽여 달라고 덤비는 놈들에 대한 설명까지 해야 해?"

"각하!"

어떻게 해서든 박기훈을 진정시키려고 하는 비서실장을, 노형진은 잠깐 바라보다가 손을 들어서 그의 말을 멈췄다.

"다 알고 왔습니다. 걱정하지 마십시오. 아마도 그쪽에서 요구한 비밀 조건도 있을 텐데요?"

"없네만."

"그럴 리가요. 반도체 기술을 통째로 넘겨 달라고 하지 않던가요?"

갑자기 좌중의 분위기가 싸해졌다.

그건 외부에 밝히지 않은 진짜 기밀이었기 때문이다.

"그걸 어떻게……?"

"마이스터와 미다스의 정보력이 필요해서 부르신 거 아니었습니까?"

박기훈은 고개를 끄덕거렸다.

"맞네. 어떻게 알았는지는 모르지만."

'그 전에도 그랬으니까.'

일본의 반도체 기술은 아예 나락으로 떨어진 상황이었다.

막대한 돈을 들였지만 한국을 따라오지 못했고, 결국 완전히 쓰러지기 직전이었다.

'결국 일본에서 반도체 기업들을 하나로 묶었지.'

각 기업들이 가지고 있던 반도체 공장을 하나로 묶어서 한국의 반도체 기술에 덤비려고 했지만, 결과적으로 그건 실패였다.

기술을 따라잡을 방법이 없었던 것.

그 반도체 산업을 되살리기 위해서는 새로운 기술이 필요한데 그건 당연히 기밀이고, 나중에 일본이 그걸 요구했다는 사실이 드러났다.

"결론적으로 말씀드리면 별문제 없을 거라 생각합니다만."

이미 몇 달 전에 정보를 넘겼다.

그러니 그사이에 기업 차원에서 대책을 세웠어야지 정상이다.

설사 그걸 믿지 않았다고 해도, 조금이라도 의심스러운 면은 개별적으로 조사했을 테니 그 결과는 결국 뻔할 수밖에 없다.

'그럼에도 불구하고 대비하지 않았다면, 그건 망해도 싸지.'

물론 작은 중소기업들의 경우는 모르지만 대형 기업들은 모두 준비해 둔 상황이다.

'일단 나도 나름 투자해 놨고.'

대표적인 제재 대상인 불산 같은 경우는 이미 개발이 끝났고 공장도 확충해 둔 상황이다.

기타 다른 물건도 해외에서 미리 수입 계약을 해 놨기 때문에 일본에서 갑자기 끊어진다고 해도 못해도 6개월 이상은 버틸 수 있다.

'그리고 그 시간이면 다른 해결책이 나올 테니까.'

결과적으로 일본에서 하는 경제제재는 아무런 효과도 없게 될 것이다.

"하지만 언론에서는……."

"네. 지금이라도 고개를 숙이지 않으면 나라가 망한다고, 아주 물어뜯고 있지요."

이런 시사적인 부분은 증거와는 아무런 상관이 없다.

개인의 사생활이나 범죄 같은 건 증거가 중요하지만, 시사는 정부에서 모든 자료를 주지는 않기 때문이다.

"그게 친일파의 발악인 건 아실 텐데요?"

"알지. 알고 있지만, 그만큼 문제가 되기 때문에 부담을 느끼는 거야."

박기훈은 솔직하게 말했다.

그가 지금까지의 대통령과 다른 부분이 바로 이것이었다.
솔직함.

"정리할 놈들은 많아. 하지만 시간이 없지. 그들도 저항할
테고, 자네 덕분에 많이 정리되었지만 내가 봐서는 숨만 죽
이고 있는 상황이야."

"틀린 말은 아닙니다. 아마 기회가 되면 다시 물어뜯으려
고 덤빌 겁니다."

"그래서 부담을 느끼는 거네. 공수처를 준비하기는 했지
만……."

긴 한숨을 내쉬는 박기훈.

고위 공직자들을 대상으로 전문 수사를 하는 공수처.

검찰과 법원, 국회의원은 하나로 뭉쳐서 그걸 막기 위해
발악하고 있는 상황이다.

하지만 그건 자신과 관련이 없다 보니 노형진이 그다지 터
치하지 않고 있다.

그 부분은 정치의 영역이니까.

"공수처라……. 그것도 좋지만 다른 방법도 있지요."

"다른 방법?"

"애초에 삼권분립이 목적 아닙니까?"

"그렇지."

"그에 맞는 능력을 주면 되지 않습니까?"

"그게 무슨 말인가?"

"삼권분립이 효과를 발휘하지 못하는 건 서로가 서로를 터치하는 데 한계가 있기 때문입니다."

"그래서?"

"공수처를 만든다고 해서 뭐가 확 바뀌지는 않을 겁니다. 결국 거기에 오는 사람들도 권력을 추구하는 사람들일 테니까요."

물론 외부적으로 공정한 사람들을 뽑으려고 하겠지만 그건 잠깐이다.

"모든 것은 부패할 가능성이 높습니다. 그건 공수처 역시 마찬가지이고요."

지금이야 박기훈이 다 때려죽이겠다고 덤비고 있으니 이번 정권에서는 멀쩡하게 굴러갈지도 모른다.

"하지만 다음 정권에서는요? 그들은 공수처를 통해 정치적 경쟁자들을 없애려고 할 겁니다."

"크흠……."

다들 불편한 표정이 되었다.

그럴 수밖에 없는 게, 그게 공수처를 반대하는 사람들의 논리였으니까.

"뭐, 그런 표정 지으셔도 현실은 바뀌지 않습니다. 전 이상 속에서 사는 이상주의자는 아니거든요. 현재 권력을 가진 자들의 핑계이기는 하지만, 그렇게 될 가능성이 99% 이상이라는 게 문제죠."

"그러면 어쩌라는 건가? 공수처를 만들지 말라고?"

"아니요. 그들에게 당당하게 권력을 유지하게 하시면 됩니다."

"뭐?"

"검찰과 경찰 그리고 사법까지, 모든 걸 나누면 됩니다."

"이해가 안 가네만?"

"내부에 특수 수사부를 만드시면 됩니다."

경찰 내부에 오로지 공수처 같은 역할을 하는 부서만 따로 만드는 것이다.

그들에게 공수처처럼 일반인이 아니라 검사 같은 고위 공직자들에 대한 수사권만을 주고 기소권 역시 주는 것이다.

"반대로 공수처도 법을 바꾸어서, 기소권과 판결권을 주는 거지요."

물론 법원에서 판결하도록 법으로 정해져 있지만, 그건 해결 방법이 간단하다.

판사의 소속을 바꾸는 게 아니라 그 판사의 실적을 오로지 공직자 처벌 기준으로 따지게 하는 것이다.

즉, 판사가 공수처에 파견 나와 그곳에 속해서 경찰과 검찰 그리고 공무원만 판단하게 하는 것이다.

"서로가 물어뜯게 하는 거죠."

경찰은 검찰을 물어뜯고 검찰은 법원을 물어뜯고 법원은

다시 경찰과 검찰을 물어뜯는다.

그곳에 속한 특수부는 다른 사건은 일절 하지 않고 오로지 고위 공직자들만 상대한다.

"그렇게 되면 서로 견제가 될 겁니다."

한 곳에서 뭔가를 덮으려고 해도 세 곳에서 동시에 수사가 들어가면 덮는 건 불가능하다.

도리어 덮으려고 하던 자들이 걸레짝이 될 것이다.

"그런 특수부에 속한 사람들은 달리 실적을 낼 수가 없으니 방법이 없지요."

승진하고 싶다면 다른 부서의 사람들을 물어뜯어야 한다.

"특히 검찰과 경찰같이 사이가 안 좋다면 더더욱 효과가 좋을 겁니다."

수틀리면 특수부가 검사의 뒤를 캐서 법원에다가 기소해 버릴 수 있게 되니까 당연히 경찰도 어느 정도 저항하게 될 테고, 반대로 검찰의 경우는 같지도 않은 놈들이 덤빈다고 생각할 테니 경찰들의 범죄를 증명하기 위해 혈안이 될 것이다.

"헐……."

노형진의 과격한 말에 다들 경악하여 눈을 크게 떴다.

하지만 박기훈은 도리어 눈을 반짝거렸다.

"서로가 서로를 견제한다라……. 의외로 괜찮은 것 같군."

"애초에 삼권분립을 한 이유는 서로를 견제하기 위해서입니다. 견제하기 위해 만들어진 조직이 서로 친하면 그게 이상한 거죠. 사자와 사슴이 친하게 지낼 수는 없습니다."

상대방을 죽여야 내가 산다. 그 조건을 달아 두면. 결국 그들은 죽는 그 순간까지 싸워야 한다.

"죽기 싫으면 부패할 수가 없죠."

왜냐? 부패하는 순간 상대방이 자신의 목을 조르기 시작할 테니까.

"쓸 만한 방법이야. 재미있어."

히죽 웃는 박기훈.

"그런 의미에서 이번 경제제재에 대해서도 쓸 만한 방법을 좀 내놔 보게."

"각하!"

외교부 장관은 비명을 질렀다.

"외교적 문제를 어찌 일개 변호사에게 맡기십니까?"

노형진은 그 외교부 장관을 바라보면서 피식 웃었다.

"일개 변호사라니요. 저희 새론에서 각국 대사관보다 일 잘하는 거 모르십니까? 하긴, 일은 안 하고 파티나 다니느라고 잘 모르셨을 수도 있겠고."

"지금 날 모욕하는 겐가!"

"네. 모욕하는 겁니다."

외교부 장관의 얼굴이 붉어졌다.

하지만 노형진은 거리낌이 없었다.

이제 모든 준비는 끝났다.

한국에서 자신을 막을 만한 힘을 가진 사람은 없다. 그게 설사 대통령이라고 해도.

물론 쿠데타를 일으킬 건 아니라지만, 그렇다고 해서 능력도 없는 정치인에게 굽실거릴 생각은 없었다.

"싸우겠다면 얼마든지 싸우지요. 음…… 각 대사관의 추문을 터트리면 그 자리에서 모가지가 날아가는 데 얼마나 걸릴까요?"

"뭐…… 뭣?"

"장관은 책임지는 자리입니다. 물론 장관님 본인은 깨끗하다고 생각하실 수도 있지요. 하지만 장관님 아래에 있는 모든 대사관들도 깨끗하게 일을 잘할까요? 그걸 공개하면서 장관님을 공격하면, 장관님 자리가 얼마나 갈 거라고 생각하십니까?"

"가…… 각하."

어이가 없어서 박기훈을 바라보는 외교부 장관.

그러나 박기훈의 말은 차가웠다.

"그랬다면 경질해야지."

"하지만 각하!"

"이보게, 김 장관. 내 말하지 않았나. 여기서 의전 받고 싶으면 오지 말라고. 피 보자고 들어온 거 아닌가? 그럴 각오가 안 되어 있었던 건가?"

"……."

장관은 고개를 숙였다.

박기훈이 그리 말했고, 그 자신은 받아들였다.

"권력에 취할 거라면 이만 물러나게."

"죄송합니다, 각하."

다시 고개를 숙이는 외교부 장관.

노형진은 그를 바라보다가 말했다.

"일단 외교적인 해결책은 의미가 없습니다. 들어주지도 않을 거고요. 이미 시도해 보셨을 텐데요? 얼마나 더 창피를 당하셔야 정신 차리시겠습니까?"

모두의 얼굴이 확 붉어졌다.

실무진이 협상하러 갔는데 상대방에서 보낸 사람은 아무런 실권도 없는 과장급. 그나마 협상 자리도 창고였다.

즉, 대놓고 무시하면서 절대 협상은 없다고 한 것이다.

"그들은 계속 그 전략을 쓸 겁니다. 한국보다 자신들이 우위에 있다고 판단하니까요."

물론 현실은 아니지만, 최소한 박기훈의 정권의 면상에 똥칠을 할 수는 있다.

"그러면 어쩌자는 건가?"

"일본의 이러한 마인드 아래에는 한 가지 기본적인 생각이 깔려 있습니다."

"뭔가?"

"한국은 절대 극단적 선택은 하지 못한다."

한국은 예로부터 침략 전쟁을 부정해 왔다. 애초에 헌법에서 침략 전쟁을 부정한다고 되어 있고 말이다.

"웃기지만, 저들은 미국을 믿고 있는 겁니다."

"이해가 가지 않네만? 외부적으로 드러나지 않을 뿐 미국은 일본을 말리고 있네."

미국은 자존심이 강한 국가다.

대놓고 일본에 끌려가는 모습을 보일 리가 없다.

그 때문에 공식적인 미국의 논평은, 두 국가의 문제일 뿐 미국의 문제는 아니지만 그래도 둘 다 우방인 만큼 친하게 지냈으면 좋겠다는 표현으로 끝이었다.

"하지만 내부적으로 미국은 일본을 말리기 위해 계속 합의를 종용하고 있네."

노형진은 스윽 사람들을 둘러보다가 물었다.

"혹시 여기에서 재판하시고 합의 과정을 거쳐 보신 분 있으십니까?"

"응?"

"민사소송의 조정 과정에 참가해 본 분이 있으시냐고 여쭙는 겁니다."

하지만 누구도 손들지 않았다.

'당연한 건가?'

권력의 핵심에 들어올 정도의 사람이라면 재판이 걸릴 일도 없고, 설혹 걸린다고 해도 판사가 알아서 기거나 변호사를 통해 해결하지 본인이 직접 나설 일은 없다.

그러니 이런 상황에 대해 이해를 못 하는 거다.

"지금 일본과 미국과 한국의 사이는, 민사소송에서의 조정 과정과 비슷합니다."

미국은 조정해 주는 조정관이고 일본이 고소인, 한국이 피고소인이라고 볼 수 있다.

"그런데 그런 경우에 조정관은 그 조정에 대해 사실 책임질 게 없지요. 당연히 손해 볼 것도 없습니다. 지금의 미국처럼요. 하지만 그럼에도 불구하고 조정은 해 줍니다. 일이니까요."

"뭘 이야기하고 싶은 건가?"

"조정할 때 말입니다, 조정관이 가장 먼저 하는 건 두 사람 중에서 만만한 사람을 찾는 겁니다."

"만만한 사람?"

"네. 조정이라는 건 결국 양측이 양보해야 하는 거니까요."

두 사람과 한 번에 협상하기는 어렵다.

그래서 그저 두 사람에게 각각 합의하라고만 이야기하며 적당히 조정하고 끝내려 한다.

"만만한 사람이라는 건 즉 더 물러날 여지가 있는 사람을 말합니다. 그러면 현재 미국의 입장에서 더 물러날 여지가 있는 쪽은 누구라고 판단할까요?"

"음……."

박기훈은 잠깐 고민했다. 그리고 이내 고개를 끄덕거렸다.

"우리군."

"맞습니다. 우리죠."

일본의 경제 상황을 미국이 모를 리가 없다.

더군다나 한국의 상황도 모를 리가 없다.

한국은 내부 정리가 끝나고 급속도로 안정화되고 있는 상황이다.

"아마도 그들은 우리가 일본의 경제제재에 대비하고 있었다는 것도 알 겁니다. 미국의 정보력을 무시하면 안 됩니다."

당연히 더 여력이 있는 것은 일본이 아니라 한국이다.

일본은 진짜 절박해서 저러는 거지만 한국은 그렇지 않으니까.

"결국 우리에게 양보하라고 나올 거라 이건가?"

"맞습니다. 일본은 그걸 알고 있는 거죠."

그래서 그들은 미국을 대상으로 땡깡을 부리는 거다.

'우리 대신 한국을 때려 주세요.'라고.

"말도 안 되는 소리."

"지금 상황에서 경제제재는 말이 된다고 생각합니까?"

"……."

"복잡한 것 같지만 또 한편으로는 간단한 겁니다. 미국은 한국에 양보하라고 할 테고, 한국은 그동안 미국에 아주 약한 모습을 보여 왔습니다."

"그건 일본도 마찬가지 아닌가?"

어떻게 보면 일본이 더 약한 모습을 보여 온 게 사실이다.

그런데 왜 하필 한국이란 말인가?

"어찌 되었건 일본은 미국의 우방입니다. 이런 말을 하는 건 죄송합니다만, 미국에 양쪽 중 하나를 선택하라고 하면 무조건 일본입니다."

"으음……."

그럴 수밖에 없다.

한국은 정권에 따라 달라지기는 하지만 미국에 절대적으로 약한 모습을 보이면서 설설 기는 성향은 아니다.

하지만 일본은 정권의 유지는 거의 확정적이면서도 어떤 정권이 들어오든 미국에 무척이나 약한 모습을 보여 주고 있었다.

"더군다나 군사적으로 보면 한국보다는 일본이 방어에 훨씬 더 유리하거든요."

한국의 압도적인 지상 전력은 한국 정부에서 결정한 게 아니다.

사실 시대가 바뀐 만큼 그 예산을 돌려서 해상 전력이나 공중 전력을 확충하는 게 훨씬 낫다.

"그건 그렇지."

대통령이 된 후에 박기훈도 그 사실에 대해 알았다.

지상 전력을 유지하도록 강제하는 건 미국이다.

이유는 간단하다.

중국과 러시아의 지상 전력과 싸우기 위해서는 어마어마한 숫자가 필요한데, 인명 피해에 민감한 미국은 그 숫자를 감당할 수가 없기 때문이다.

더군다나 한국과 다르게 미국은 모병제 국가다.

즉, 모병으로 그 숫자를 확충하려면, 아무리 천조국이라는 별명으로 불린다지만 절대 쉬운 일이 아니다.

"그래서 한국에 지상군을, 일본에 해군과 공군을 맡기는 게 미국의 기본 동아시아 방위 개념입니다. 그런데 문제는 여기서 발생하죠."

중국이나 러시아와 진짜로 전쟁이 터졌을 때, 미국이 둘 중 하나의 방어선을 지키려고 한다면 어디가 더 편할까?

당연히 일본이다.

한국을 지키기 위해 지상군을 투입하는 순간 미국은 말 그대로 수렁에 빠지게 되는 셈이다.

베트남전에서 그렇게 당한 후, 미국은 보병 전력의 투입을 극도로 꺼리는 성향을 보여 왔다.

"그에 반해 일본 방어는 편하죠."

미국의 항모 전단 세 개만 보내도 중국이든 러시아든 감히 일본을 넘볼 수가 없게 된다.

당연히 인명 피해도 적어지고 말이다.

"최악의 경우 미국은 한국을 주전장으로, 그리고 일본을 지원창으로 쓸 겁니다."

그걸 알기에 일본이 한국에서 전쟁이 나기를 그렇게 기도하는 거다.

이미 한번, 2차대전의 패배의 늪에서도 그 덕에 다시 일어날 수 있었으니까.

"그러니까 결국 미국은 일본을 편들어 줄 수밖에 없다 이거군."

"맞습니다. 이번 건도 마찬가지일 겁니다."

실제 회귀 전에도 미국은 은근슬쩍 일본을 편들어 주면서 한국에 양보하라고 압력을 행사했다.

지소미아 종료 카드를 꺼냈을 때, 미국은 일본에 문제를 해결하라고 하기보다는 한국에 협박하면서 은근슬쩍 보복을 입에 담기도 했었다.

"그러면 우리는 뭘 어떻게 해야 하나? 협상하고 싶지만 저쪽에서 들어 먹지를 않으니."

"조정에서 파투 나면 뭐, 방법은 하나뿐이지 않습니까?"

"재판 말인가? 하지만 우리는 국가야. 법원 같은 게 없네. 미국에서 재판해 줄 리는 없고. WTO에 제소하겠지만 시간도 오래 걸릴 테고, 설사 일본이 거기서 진다고 해서 말을 들어줄 것 같지는 않네."

'역시 이쯤 되면 알 거라 생각했는데.'

한국인 특유의 문화라고 할까?

절대 언급하고 싶지 않은 것일 수도 있다.

하지만 한 번은 확실하게 하고 넘어가야 하는 부분이었다.

"국가 간에는 전쟁을 해야겠지요."

"이미 경제 전쟁 중이야. 쉽지 않은 싸움이네."

"그건 말장난이고요. 제가 말하는 건 '진짜 전쟁'입니다."

"……."

그 순간 좌중에 흐르는 침묵.

모든 사람들이 노형진을 미친놈 보듯 했다.

그럴 수밖에 없는 게, 다른 나라도 아니고 일본과의 전쟁이라고?.

그런 경우라면 어떻게 되겠는가?

"자네, 미쳤나? 나도 막나가는 타입이지만, 전쟁? 그것도 일본과?"

"네."

박기훈은 어이가 없다는 표정으로 말했다.

"내가 사람을 잘못 부른 것 같군. 난 평화적 해결책을 원하는 거지, 전쟁을 통해 나라를 잿더미로 만들 생각은 없네."

"그게 이미 일본에 놀아나고 있다는 증거입니다."

"뭐?"

"한국은 절대 전쟁을 일으키지 못한다, 한국이 뭘 하든 결국 우리가 경제적으로 우위다, 경제적 압박을 통해 우리가 승리할 수 있다. 그게 일본의 생각이지요."

"그걸 몰라서 자네를 부른 게 아니지 않나?"

"제 말을 안 들으실 거라면 저는 이만 가고요."

"후우, 이야기해 보게."

"제가 하라는 건 진짜 전쟁이 아닙니다. 전쟁과 같은 분위기를 만들라는 거지요."

"분위기라⋯⋯."

"각하, 한 가지만 묻겠습니다. 지금 미국은 우리에게 양보하라고 압력을 행사하고 있습니다. 물론 일본에도 그러고 있겠지요. 그런데 우리는, 뭘 내놓을 수 있습니까?"

"음?"

"양보란 결국 우리가 뭔가를 포기하고 그들에게 내줘야 한다는 겁니다. 뭘 내놓으실 겁니까?"

박기훈뿐만 아니라 모두가 눈을 찡그렸다.

문제의 해결이라고 복잡하게만 생각했는데 간단하게 보니 또 간단했다.

지금 일본은 요구하는 게 있고, 그건 터무니없는 거다.

"설마 진짜로 일본이 우리 반도체 기술 전부를 요구한다고 생각하시는 건 아니지요?"

"그럴 리가."

상식적으로 그런 걸 인정할 나라도 없고, 애초에 그 기술은 국가가 아닌 기업의 기술이다.

물론 국가에서 전략 자산으로 보호하고 있기는 하지만 소유권은 어찌 되었건 기업이 가지고 있다.

즉, 일본에서 그걸 요구하면서 경제제재를 가한다고 해서 한국이 줄 가능성은 없다는 거다.

그리고 거기까지 생각이 미치자 박기훈은 노형진이 뭘 말하는지 알아차렸다.

"그들이 포기할 게 바로 그거군."

"정확하십니다."

달라고 한다고 줄 수 있는 게 아니다.

하지만 그들은 그걸 요구했다.

"애초에 주지도 못할 걸 요구하고 그걸 포기하는 대신에 다른 걸 요구한다, 협상에서 가장 많이 쓰는 방법 중 하나지요."

노형진은 빙긋 웃었다.

"얕은수를 쓰는 겁니다. 아마 일본에서는 그것보다는, 현재 경제적 상황의 시선을 바깥으로 돌리는 것과 동시에 경제적 문제 해결을 위한 자금을 한국에서 벌어들일 방법을 찾으려고 할 겁니다."

'원래 역사에서는 강제징용 손해배상 문제로 벌어진 일이기는 하지만.'

물론 단순히 그것만으로 벌어진 건 아니다.

사실 그건 방아쇠에 지나지 않았다.

원래 역사에서도 가장 큰 이유는 경제적 압박과 외부의 적만들기 프로젝트였다.

'지소미아. 엿 같은 거지만 참 아깝네.'

그때는 그걸로 흔들어서 어느 정도 효과가 있었는데, 이번에는 그게 없었다.

"음…… 그 말은, 우리가 내밀 게 없으니 내밀 걸 만들라 이거군."

"맞습니다. 진짜 전쟁을 하라는 게 아니고요."

한국에서 이 상황에서 뭔가를 포기해야 한다면, 뻔하다.

한국 내 친일 세력의 퇴치.

그러나 그걸 내놓는 순간 친일 세력은 다시 세력을 확장하며 끊임없이 한국에 대한 침략을 시도할 것이다.

"그들은 이 문제를 이용해서 친일 세력을 규합하고 그들의 안전을 보장받으려고 하는 겁니다. 미래를 위해서요. 이런 말 하긴 그렇지만, 일본이 미래를 위한 음모는 참 잘 짜거든요. 현실을 모르고 음모부터 짜서 그렇지."

"흠…… 전쟁이라……."

노형진의 말에 박기훈이 심각한 표정으로 말했다.

"전쟁이라는 건 결국 사전 행동으로 벌어지는 겁니다. 현대는 더더욱 그렇지요."

지금 같은 시대에 전쟁을 몰래 일으키는 것은 불가능에 가깝다. 한국에 있는 일본인도 많고, 미국도 보고 있을 테니까.

"선전포고만 하지 않으면 되는 겁니다."

노형진은 피식 웃으며 말했다.

세상에서 가장 큰 블러핑

블러핑. 허풍을 떠는 전략이라는 의미다.

상대방보다 패가 약한 경우 상대방이 기권하게 하기 위해서 쓰는 카드 전략이다.

그리고 노형진은 박기훈에게 그 전략을 추천했다.

그동안의 한국의 방식은 너무나 뻔했다.

협상을 통해 평화적으로 해결하려고 하는 타입.

군 투입을 극도로 꺼리는 모습을 보여 왔다.

실제로 경제제재 초기의 한국은 어떻게 해서든 협상하려고 거의 일본의 바짓가랑이를 붙잡고 늘어졌다.

비참하지만 현실이 그랬다.

일본은 대화할 가치조차 없다고 선을 긋는데 한 번만 대화

하자고 매달리는 모습은 마치 헤어진 남자가 여자에게 매달리는 꼴을 보는 듯한 느낌이었고, 그 덕분에 일본 내에서 야베를 비롯한 극우 세력의 인기를 하늘 높이 올려 줬다.

야베는 그러한 인기에 취해서 점점 더 높은 강도의 경제제재를 하겠다고 언급해 댔다.

거기까지는 좋았다.

그는 더 높은 강도의 경제제재를 한다는 말에 당연히 한국이 와서 싹싹 빌 거라 생각했고, 미국은 한국을 다그칠 거라 생각했다.

그러나 현실은 좀 달랐다.

지금의 현실은 더더욱 달랐고.

"뭐? 그게 무슨 소리야?"

"한국에 있는 요원으로부터 긴급하게 날아온 소식입니다. 한국의 대통령이 부대 이동을 명령했답니다."

"그게 무슨 소리야? 부대 이동이라니? 아니, 북한에 무슨 일이 있는 거야? 아니면 중국? 아니면 러시아?"

일본은 중국과 러시아에서 문제가 터지는 것을 극도로 두려워한다. 그 순간 일본이 잿더미가 될 가능성이 높기 때문이다.

그런데 이야기가 이상했다.

"부대가 남쪽으로 이동하기 시작했답니다."

"남쪽?"

"그렇습니다."

"남쪽에 누가 있다고?"

야베는 말을 하다가 움찔했다.

한반도의 남쪽에 있는 건 일본뿐이다.

"자세히 이야기해 봐."

"갑작스러운 이동이라 아직 확인 중입니다만, 현재 주요 부대가 남쪽으로 이동하고 있으며 특히 헬기 수송부대와 전투기들이 전부 남쪽으로 재편성되고 있다고 합니다."

"그게 무슨 말이야! 전투기라니!"

물론 한국의 전투기 숫자가 일본의 전투기보다 적은 것은 사실이다.

사실 한국과 일본의 전투기 대수 차이도 그렇지만, 결정적으로 조기 경보기들의 능력 차이가 심해서 오는 도중에 모조리 다 막을 수 있다고 생각하고 있었다.

물론 전투기만이라면 말이다.

"그리고 다수의 고속정이 부산 쪽으로 이동 중이고, 헬기 강습부대 역시……."

쾅!

야베는 테이블을 부서져라 내리쳤다.

"그 말은 지금 한국이 전쟁을 준비한다는 거야?"

"그렇습니다."

"무슨 말도 안 되는 소리야! 조센징들이 무슨 깡이 있어서 전쟁을 준비해!"

"하지만 상황은 누가 봐도 명백합니다."

"이게 뭔 말이야! 말이 안 되잖아!"

경제제재를 시작한 것은 사실이다.

하지만 전쟁까지 준비한 적은 없다.

애초에 일본은 평화 헌법 때문에 침략 전쟁은 할 수도 없다.

"말이 되느냐고!"

전쟁이라는 건 절대로 쉽게 할 수가 없는 일이다.

수많은 사람들이 죽을 테고, 그로 인해 나라가 흔들릴 수도 있는 게 전쟁이다.

일본에서 극우 세력이 전쟁을 외치지만, 또 한편으로는 절대 전쟁을 바라지 않는다. 그들은 침략하고 싶은 것이지 침략당하고 싶은 게 아니니까.

"일단은 부대의 이동만 밝혀진 상황입니다. 그 외에는 다른 논평이나 발표가 없는 상황이라 뭐라고 해야 할지……."

부하는 말을 흐렸지만, 사실 대한민국의 남쪽에 있는 나라는 오로지 일본뿐이라는 걸 알기에 제대로 답변할 수가 없었다.

"일단 미국에 핫라인으로 연락하고 이 미친 짓을 확인해 봐."

야베는 등골이 오싹해졌다.

⚖️

그 시각, 미국도 난리가 났다.

주한 미국 대사인 알렉 시나는 다급하게 박기훈을 만나서 현 상황에 대해 물어보고 있었다.

"이게 뭐 하는 겁니까? 부대를 왜 남쪽으로 옮기는 겁니까?"

"부대의 이동은 한국의 권한입니다만."

박기훈은 당연하다는 듯 말했다.

"하지만 우리 적은 일본이 아니라 북한이란 말입니다."

"글쎄요."

알렉 시나의 말에 박기훈이 묘한 표정이 되었다.

"그건 미국의 입장이고, 저희로서는 그걸 받아들일 수가 없네요."

"뭐요?"

"만일 미국의 대통령을 중국에서 선거를 조작해서 뽑았다면 미국에서는 뭐라고 하시겠습니까?"

"그건……."

알렉 시나는 바로 박기훈의 말의 의미를 알아차렸다.

"나라마다 다를 수도 있겠지요. 뭐, 일본이 한국에 스파이를 보내는 것은 이해합니다. 한국과 일본이 친한 나라는 아니니까요."

사실 국민감정만 보고 판단하면 두 나라는 적성국이라고 해도 이상할 게 없다.

다만 같은 자유 진영이라는 것 때문에 친해지려고 노력해 온 것일 뿐.

"하지만 선이라는 게 있지요."

한 나라의 대통령을 스파이로 심었다는 것. 그리고 그를 통해 국가 기밀을 빼돌렸다는 것.

"이거 사실상 전쟁 도발 행위 아닙니까?"

알렉 시나는 뭐라고 해야 하나 고민했다.

'확실히 예민한 문제이기는 해.'

그렇잖아도 지금 미국의 새로운 대통령인 도널드 올드먼이 러시아에서 보낸 스파이가 아니냐는 말이 계속 나오고 있는 상황이다.

만일 러시아에서 보낸 스파이가 맞다면?

미국 정부는 러시아와 일전을 치를 생각도 하고 있다.

'시기가 애매해.'

아예 미국에 그런 문제가 없다면 당당하게 아니라고 하겠는데, 미국에도 의심스러운 정황이 있기 때문에 알렉 시나는 '아니요'라고 말할 수도 없었다.

"현실적으로 침략 행위입니다. 하지만 한국은 참았습니다. 우리의 우방 미국과의 관계를 생각해서 참으려고 했습니다. 하지만 현재 일본의 행동은 선을 넘습니다. 명확한 이유나 증거도 없이 한국에 대한 전면적인 경제제재를 취한다는 건, 현실적으로 한국을 동맹국이 아니라 적성국으로 취급한다는 뜻이지요. 일본에서 그렇게 행동하는 상황인데 우리가 어떻게 가만있습니까?"

이것이 법이다

"그거야 약간의 오해가……."

"오해는 무슨. 홍안수 문제부터 지금까지, 일본은 우리를 적성국으로 분류하고 있습니다. 그건 명확해요."

박기훈은 알렉 시나에게 느긋하게 말했다.

"더군다나 우리의 위쪽은 북한이 막고 있지요. 한국의 해군은 일본보다 많이 부족합니다. 만일 일본이 해상봉쇄라도 하게 되면 우리는 여기서 굶어 죽는 수밖에 없습니다."

"아무리 그래도 일본이 해상봉쇄까지 하겠습니까?"

"그건 모를 일이지요. 뭐, 스파이를 보내는 것도 예상했던 일은 아니지 않습니까?"

박기훈의 말이 맞기 때문에 알렉 시나는 답답해서 미칠 지경이었다.

'이러면 안 되는데?'

원래 미국 본토에서 내려온 훈령은 그를 설득해서 한국이 조금 물러나는 것으로 사건을 종결 처리하라는 것이었다.

일단 상황이 급한 건 일본이기 때문이다.

한국이야 급속도로 경제가 성장하는 상황이고 그 때문에 버틸 여력이 있지만, 미국 내에서 판단한 일본의 상황은 말 그대로 벼랑 끝이나 마찬가지였다.

'그게 수틀렸던 건가?'

그동안 한국에 무조건 양보하라는 식의 압력만을 행사했던 미국이다.

한국 정부가 지금까지 참아 온 것이다.

그런데 그들이 갑자기 이렇게 돌변할 줄은 몰랐다.

더 큰 문제는, 그들의 행동에 근거가 없는 게 아니라는 거다.

다른 사람도 아닌 대통령을 스파이로 보냈다는 것은 아주 심각한 국가 침략 행위다.

"미안하지만 우리는 이 문제에 대해서는 더 이상 할 말이 없을 것 같네요."

"박기훈 대통령 각하! 하지만 전쟁은 안 됩니다."

"저희가 전쟁하자고 한 건 아니지 않습니까? 말 그대로 그들의 행동에 대해 경계하는 겁니다. 현재 북한은 전선을 지키는 우리 병력만으로도 충분히 커버가 가능합니다. 나머지 예비 병력으로 일본을 견제하는 것뿐이니까 너무 걱정하지 마십시오."

박기훈은 마치 전쟁을 하지 않을 것처럼 이야기했지만 알렉 시나는 좀처럼 불안감이 가시지 않았다.

⚖

"군의 이동이 끝났네. 일본에서는 아직 큰 반응은 보이지 않고 있어."

"그럴 겁니다. 예민하게 반응하면 도리어 한국군이 일본을 노린다는 소문이 들 수 있거든요."

어찌 되었건 일본 입장에서는 사건을 크게 키우고 싶지 않을 것이다.

"그런데 왜 전투기와 헬기 강습부대를 남쪽으로 배치하는 걸 추천한 건가?"

"소수 정예니까요."

"소수 정예?"

"공중전에서 한국이 일본을 압도하는 건 불가능에 가깝습니다."

물론 처참하게 발릴 정도는 아니지만, 사실 미세하게나마 우위를 점하는 것은 일본이다.

일본이 가진 조기 경보기가 있기 때문에 어쩔 수가 없는 현실이다.

"하지만 지상군 전력은 다르지요. 전투기의 호위를 받으면서 헬기 부대에 탑승한 강습부대가 일본에 강습한다면 일본에서는 극도의 부담을 느끼게 될 겁니다."

"흠…… 하지만 헬기 강습부대가 아무리 강하다고 해도 한계가 있네만?"

미국처럼 공수가 가능한 탱크가 있는 것도 아니고, 기껏해야 박격포 정도의 무기가 끝이다.

아무리 훈련받은 정예병이라고 할지라도 그들을 통해 뭔가 할 수는 없다.

"전쟁은 안 할 거라니까요. 유 회장님도 참."

"그럼 뭘 어쩌자는 건가?"

"공포심을 심어 주는 거죠."

"공포심?"

"네, 일본에서 전쟁이 벌어질지도 모른다, 일본이 전쟁터가 될지도 모른다."

"그러니까 헬기 강습부대가 투입되면 일본이 전쟁터가 된다는 말이군."

"맞습니다. 일본은 언제나 한국이 전쟁터가 되기를 원해 왔지요. 그래야 자기들이 다시 살아나니까요."

하지만 자기들 땅이 전쟁터가 될 거라는 생각이 들면 어떻게 될까?

"아마도 극심한 패닉이 올 겁니다."

"그렇겠군."

"그리고 그런 강습부대의 핵심은 항구의 공략입니다."

"항구라. 한국군의 상륙을 유도한다 이건가?"

"그렇게 보이는 게 목적입니다. 진짜 상륙할 수는 없고요."

현재로써는, 필요하다면 일본과 일전을 겨룰 각오가 되어 있다는 것을 보여 주는 것만으로도 일본이 받는 압박은 어마어마할 수밖에 없다.

미국이 아무리 일본 편을 들어 준다고 해도, 그건 어디까지나 그들이 계획한 태평양 방어 라인이 멀쩡할 때의 이야기다.

그게 박살 날 상황이라면 미국은 일단 그걸 보호하려고 할 것이 뻔하다.

"그런 제스처를 취하는 것만으로도 일본에서 부담을 가지기는 하겠지만 말일세, 그렇다고 해서 일본이 사과하면서 경제제재를 풀 것 같지는 않네만. 일본은 자존심 하나로 버티는 나라야. 여기서 한국에 사과하면서 경제제재를 풀게 되면 정권에 치명적인 타격이 갈 걸세."

실제 역사에서도 일본은 단 한 번도 사과하지 않았다.

심지어 한국에 몰래 사과하고는 한국이 지소미아를 조건부 연장해 주자 방송에서는 자신들의 승리라며 자랑스럽게 떠들어 댔다.

뒤에서는 몰래 사과하고 앞에서는 당당하게 자신들이 승리했다고 떠드는 게 바로 일본의 모습이었다.

"압니다. 그들은 절대로 쉽게 물러나지 않습니다. 현재 일본은 국뽕에 거의 마약 수준으로 취해 있으니까요."

물론 어떤 나라든 간에 국뽕이라는 게 없을 수는 없다.

단순히 자기 나라에 대한 자부심을 넘어선 일종의 환상. 그게 바로 국뽕이다.

애초에 국뽕이라는 말의 의미가 국가뽕, 그러니까 국가의 자부심에 마약처럼 취한다는 데서 나온 말이다.

일본은 자신들이 불리할수록 어떻게 해서든 자랑스러워할 부분을 홍보하고 자신들이 선진국인 것처럼 행동해 왔다.

그리고 지금 일본의 극우 세력들은 그 국뽕을 넘어서 파시

즘 수준까지 차오른 상태

"문제는 한국과 다르게 반론이 없다는 거죠."

한국은 자랑스러워해야 할 것은 자랑스러워하지만 그에 대한 경계도 상당하다.

세계적인 한국계 스타가 나오면 자랑스러워하면서도, 그가 성공하는 데 한국에서 도움을 준 게 없다면 아무것도 요구하지 말라는 식이다.

"하지만 일본은 아니죠."

일본은 국가에서 국뽕의 확대 재생산에 적극적으로 나서는 상황이다.

자신들의 상황이 좋지 않다는 걸 감추기 위해서다.

심지어 다른 나라에서도 당연한 걸 자기네들에게만 있다는 식으로 이야기한다.

전 세계에서 차가운 맥주를 먹는 건 일본뿐이라든가, 해초류를 먹는 것도 일본뿐이라든가 하는 식으로 말이다.

심지어 코로나19가 유행할 때는, 검사하지 않는 방법으로 환자를 감추면서도 일본어는 선진어라서 비말이 튀지 않아 코로나19가 퍼지지 않는다는 황당한 주장을 하기도 했다.

"유 회장님 말씀대로, 그들이 그런다고 해서 사과하고 경제제재를 취소하지는 않을 겁니다."

"그런데 이렇게 일을 키운다고?"

"예상했기에 이렇게 일을 키우는 겁니다."

"응?"

"미국에 선택을 강요할 생각이거든요."

"미국이라······."

노형진의 말에 유민택은 살짝 눈을 찡그렸다가 이내 고개를 흔들었다.

"뭐, 자네가 알아서 하겠지. 그러면 일단 우리는 뭘 하든 준비만 해 두면 되는 건가?"

"맞습니다. 돈만 준비해 두시면 됩니다, 후후후."

⚖️

군의 대단위 이동은 절대 감출 수 있는 부분이 아니다.

당연히 관련 정보는 전 세계로 퍼져 나갔고, 세계 언론도 한국과 일본의 현 상황에 대해 모르는 바가 아니기에 그 문제를 대서특필했다.

그리고 그 건에 대해 한국 정부는 정식으로 기자회견을 했다. 사실 한국 정부가 잘못한 것은 아니니까.

"일본에서는 한국에 스파이를 보내 그를 대통령으로 만들어서 사실상 한국을 적성국으로 분류하였습니다."

전 세계에 널리 알려진 사실이지만 한국의 대변인은 그걸 다시 한번 입에 담았다. 그러자 그의 말을 열심히 글로 옮기는 기자들.

"그러한 일 이후에도 일본 정부는 한국에 경제제재를 가하면서 한국의 주요 산업 정보 기술을 요구하는 등 실질적으로 한국에 대한 침략 행위를 멈추지 않고 있습니다. 이에 한국 정부는 일본의 도발에 대응할 수밖에 없습니다. 한국의 경우는 일본의 해상봉쇄에 약하기 때문에 만일의 사태에 대비해서 군 병력을 이동시킨 것일 뿐, 일본과 전쟁할 생각은 아직은 없습니다."

"아직이라는 건 필요에 따라서는 하겠다는 말입니까?"

"이미 도발은 일본이 먼저 했습니다. 한국은 현재 참고 있을 뿐입니다. 한국에서 참고 있는데 일본에서 계속 도발한다면, 전쟁을 피할 수는 없겠지요."

"일본의 도발이란 뭡니까? 결국 경제제재 역시 도발로 보신다는 뜻인가요?"

"맞습니다. 일본은 명확한 증거의 제출이나 증명도 없이 한국이 북한을 지원한다면서 경제제재를 가했습니다. 말뿐인 주장은 누구나 할 수 있습니다. 따라서 제대로 된 증명도 없이 한국을 고사시키려고 한다면, 그건 명백하게 침략 행위일 수밖에 없습니다."

"으음……."

세계 각국의 기자들은 침음성을 흘렸다.

사실 홍안수 문제 하나만으로도 일본은 한국에 침략 행위를 한 것이 맞다.

그리고 한국의 말대로 일본에서는 그걸 사과나 반성도 하지 않고, 도리어 한국을 공격하는 것으로 자신들의 문제를 해결하려 하고 있다.

"동아시아의 화약고가 한국인 건 알고 있었지만……."

"북한이나 중국 같은 곳과 싸울 줄 알았지. 일본은 완전 황당한데?"

"하지만 사실 한국이 많이 참은 거 아냐?"

"미국이었으면 일본은 지금쯤 구석기시대로 돌아갔을걸."

기자들도 서로 이런저런 이야기를 주고받으면 한국 정부의 말을 경청했다.

"누차 말씀드리지만 한국은 전쟁을 벌이고 싶은 생각이 없습니다. 하지만 자위적인 방어조차도 하지 않는다면 그건 국가로서의 최소한의 자격도 가지지 못한 일이 될 것입니다. 한국은 이 사태를 진정시키기 위해 언제든 협상에 임할 생각이 있습니다."

한국 정부의 발표를 들으면서 기자들은 다들 고개를 끄덕거렸다.

보통 이런 상황이라면 미국이 끼어들면서 현실적으로 그걸로 종결 처리되기 때문에, 사실 전쟁까지 가는 것은 불가능했다.

미국이 지금 상황을 가만히 두고 볼 리가 없기 때문이다.

"누차 말씀드리지만 저희는 평화를 위해 협상하고자 합니다."

그게 한국의 마지막 말이었다.

좋은 모습으로 다시 만나자는 말.

그러나 일본은 그런 제스처를 전혀 다르게 받아들였다.

"한국이 겁먹은 게 확실합니다."

야베는 내각을 모아 두고 회의를 하기 시작했다.

그런데 한국에서 보여 준 모습을, 일본은 전혀 다르게 해석하고 있었다.

물론 해석은 자유라지만 그래도 너무 엉뚱한 해석이었다.

"겁먹지 않았다면 이런 모습을 보일 리가 없습니다."

군을 이동시키는 것은 적지 않은 돈이 든다.

더군다나 그 군을 대기 상태에 두는 것은 상당한 부담이 된다.

당장 군의 주둔지가 바뀌어서 숙소가 없다 보니 텐트를 쳐야 하기 때문이다.

지금도 이동한 부대는 충분한 숙소가 없어서 해당 지역 부대의 연병장에 텐트를 치고 생활하고 있다.

당연히 장병들의 스트레스 역시 커질 수밖에 없다.

"그렇게까지 뻥카를 치는 이유는 간단합니다. 우리한테 겁먹은 겁니다. 생각보다 내부에서 타격이 큰 게 확실합니다."

"하긴, 한국 내부에서 우리 세력이 많이 부활했다고?"

"그렇습니다. 당장 한국이 망한다고 몰아붙이고 있습니다."

야베는 흡족한 표정이 되었다.

처음에 한국군이 일본으로 이동하기 위해 남부로 내려온 다고 했을 때는 가슴이 철렁했다.

하지만 한국은 그 이후에 협상만을 이야기할 뿐이었다.

실제로도 계속 협상하자고 신호를 보내고 있으며, 실무단 선에서의 접촉을 하자고 빌다시피 하고 있다.

"국민들에게 약한 모습을 보일 수는 없으니 저렇게 행동하 는 게 분명합니다."

물론 그건 일본도 마찬가지다.

여기서 약한 모습을 보이면 한국에 밀리기에, 일본 정부 역시 끝까지 버티면서 협상을 거부하고 있는 상황이다.

"경제적 상황은?"

"주요 수출 업체의 지표가 좀 떨어지고 있기는 하지만 한국 을 도모하는 것을 생각하면 충분히 버틸 만한 상황입니다."

"한국 내부에서 대체 작업은?"

"한국 정부 차원에서 계속 지원 중입니다. 다만 점점 대체 가 가능한 쪽으로 거래를 튼다고 하는데……."

"너무 겁먹지 않아도 됩니다. 어차피 다른 나라 물건의 품 질은 조악하기 그지없어요. 일본의 장인 정신으로 만들어 낸 물건과 어찌 같을 수 있단 말입니까?"

"하긴, 거래가 정상화되면 다시 일본 물건을 쓸 수밖에 없을 겁니다."

그들은 경제나 산업에 대해서는 전혀 신경 쓰지 않았다.

물론 일부가 그에 대해 불편한 시선을 보냈지만, 그런 이들은 정신력이 약한 일부로 취급되었다.

"일본에 대한 한국의 불매운동이 심해지고 있다는데 문제는 없겠나?"

"조센징들은 그런 불매운동에 약한 모습을 보입니다. 기껏해야 한 세 달쯤 지나면 다시 우리 일본 물건을 쓰고 일본으로 몰려들 겁니다."

"맞습니다. 한국의 정치인들이 한국 국민들을 보고 개돼지라고 하는 데에는 그럴 만한 이유가 있습니다. 그들의 불매운동이 성공한 사례는 단 한 번도 없습니다."

"한국이 이렇게 약한 모습을 보일 때 우리가 더욱 몰아붙여야 합니다."

"맞습니다. 어차피 한국은 우리와 전쟁 못 합니다."

모두의 말에 야베는 고개를 끄덕거렸다.

"이참에 확실하게 누가 더 위인지 알려 주는 것도 나쁘지 않겠군. 그러면 입국 금지라도 걸어야 하나?"

"그건 아직 이른 것 같습니다. 최악의 경우 단교를 생각할 수도 있습니다만."

"그건 미국에서 그냥 넘어가지 않을 겁니다."

"그러면?"

"한국이 그런 것처럼, 우리도 뻥카를 날리도록 하지요."

"적당한 게 있나?"

"똑같이 행동하면 됩니다. 한국은 현재 전쟁을 불사할 것처럼 행동하면서도 한편으로는 협상해 달라고 하고 있습니다. 그러니 우리도 전쟁을 불사한다고 표현하면 됩니다."

"그러면……."

야베는 곰곰이 생각했다.

지상군으로 올라가는 건 불가능하다.

공군으로 폭격하는 것도 불가능하다.

그건 진짜 전쟁이다.

남은 건 하나뿐이다.

다행히 멍청한 조센징들이 자기 입으로 약점을 다 나불거렸다.

"해상자위대를 이동시키게. 한국의 바다를 막는 것처럼 행동해야겠어."

한국은 모든 물자가 바다를 통해 들어온다.

당연히 그 물자가 막히면 한국은 고사할 수밖에 없다.

"진짜로 막을까요?"

"진짜로는 하지 마. 한국을 자극해서 진짜 전쟁을 할 필요는 없으니까. 하지만 한국에 있는 우리 사람들이 움직일 수 있는 상황을 만들어 줘야지."

해상봉쇄를 하려는 움직임이 보이기 시작하면 당연히 나라의 경제가 흔들린다.

그걸 알고 있기에 한국이 저렇게 쇼를 하는 거다.

그리고 그렇게 된다면, 남아 있는 친일파들이 박기훈에 대해 탄핵을 시도할 수 있을지도 모른다.

하다못해 박기훈이 정치적으로 코너에 몰릴 수밖에 없는 상황.

"미국은 우리를 도와줄 테니까, 후후후."

야베는 자신 있게 말했다.

그러나 그는 이 상황에서 노형진이라는 변수를 생각하지 못했다.

⚖

"결국 이렇게 되는군."

박기훈은 노형진을 불러서 참담한 표정으로 말했다.

최악의 상황까지 가기 전에 협상으로 해결할 수 있으면 좋을 거라 생각했다.

하지만 결국 협상으로 해결되지 않았다.

일본이 자위대 함선을 보내서 주요 항로에 배치하기 시작한 것이다.

영해까지 들어온 것은 아니지만, 거기에 자위대 함대를 배치한 목적은 뻔하다.

여차하면 해상봉쇄를 하겠다는 거다.

"역시 원래보다 다급한 모양인데."

"뭐라 했나?"

"네? 아닙니다."

노형진은 고개를 흔들었다.

원래 역사에서는 해상봉쇄는 없었다.

물론 한국군이 군사적 움직임을 보이지 않았던 것도 있지만 말이다.

"자네 말대로 움직이는 걸 보니 어이가 없기는 하네만. 이제 우리가 할 일은 하나뿐이군."

"맞습니다. 어쭙잖게 중립을 지키는 미국에 압력을 행사해야지요."

미국은 이 상황에서 갈피를 못 잡고 있다.

물론 그들이 무작정 한국에만 뭐라고 하는 것은 아니었다. 일본에도 심하게 뭐라고 하고 있는 것은 사실이다.

그러나 문제는, 일본이 평소와 다르게 미국의 말에 시큰둥하다는 거다.

즉, 현재 일본은 어떻게 해서든 한국을 꺾어야 하며, 그 과정에서 미국이 자신들을 절대 버리지 않는다는 걸 알기에 저러는 것이다.

"그러니 미국에 선택을 강요해야지요."

"한국의 대통령으로서 기분 나쁘지만 방법이 없지."

박기훈은 한숨을 푹 쉬었다.

"데프콘 3을 발령하겠네."

데프콘.

쉽게 말해서 전쟁에 대비한 일종의 비상사태 선포다.

데프콘은 5부터 1까지 있는데, 숫자가 작을수록 위험도가 높아진다.

5는 평화 상태, 즉 전쟁 위협이 없다는 뜻이며 데프콘 4는 대치 상태이거나 전쟁의 가능성이 있다는 뜻이다.

한국은 현재 휴전 국가이기 때문에 상시 데프콘 4를 기반으로 돌아간다.

문제가 되는 건 데프콘 3부터다.

데프콘 3은 군사 긴장 상태, 즉 군사작전이 예상될 때 발령된다.

데프콘 2는 적이 공격 준비 태세를 강화할 때, 즉 전쟁이 임박했을 때 발령하며 데프콘 1은 말 그대로 군사작전 단계에 들어간 상태, 즉 전쟁을 뜻한다.

한국에는 비슷한 단계인 진돗개가 있는데 그건 국지전을 상정해서 만들어진 것이다.

간첩의 침투 등에 대비하기 위해 말이다.

어찌 되었건 한국은 평소 4단계를 유지하는데 3단계가 되면 이전까지와는 다른 점이 생겨난다.

바로 작전권이다.

한국은 독립국이지만 현재 독자적 군사작전권이 없다.

정확하게는, 평시 작전권은 있지만 전시 작전권은 없다.

데프콘 3이 발령되면 한국의 작전권은 한미연합사령부로
넘어간다.

좋게 말해서 한미연합사령부지 그냥 미국이 지휘한다고
보면 된다.

문제는 여기서 발생한다.

"대통령 각하! 데프콘 3은 시기상조입니다!"

"일본이 우리의 해상을 봉쇄하기 시작했습니다. 이미 돌
이킬 수 없는 상황이 되었습니다."

주한 미국 대사인 알렉 시나는 미칠 것 같았다.

상황이 최악으로 돌아가고 있었기 때문이다.

"미국은 이번 전쟁에 대해 찬성할 수 없습니다."

"전쟁이 아닙니다. 자기방어입니다. 현재 일본은 한국을
고사시키려고 해상 통로를 막았습니다. 그러면 우리는 그냥
죽어야 합니까?"

"아직 막은 것은 아닙니다."

"주요 해로에 자위대 함대를 배치하고 있지요. 그게 뭘 의
미하겠습니까? 해상 통로의 봉쇄뿐이지요."

"그건……."

사실 다른 걸로 해석할 수 있는 여지가 없었다. 더군다나

지금 같은 상황에서는.

'멍청한 일본 놈들, 도대체 뭔 짓을 하는 거야?'

야베는 자신의 자존심을 지키기 위해 그냥 쇼를 하는 걸지도 모른다. 하지만 한국이 데프콘 3에 들어가면 상황이 쇼로는 끝나지 않는다.

물론 웬만해서는 실제로 전쟁까지 가지는 않을 것이다.

그러나 가장 큰 문제가 바로 이 전시 작전권이다.

"미국은 상호방위협약에 따라 전시 지휘를 준비하여 주시기 바랍니다."

전시 작전권이 미국으로 넘어간다는 것.

그건 쉽게 말해서 미국이 일본을 대상으로 전쟁을 준비해야 한다는 걸 의미한다.

"그럴 수는 없습니다."

"그렇다면 조약을 파기한다는 건가요?"

"그게 아니라……."

"현재 한국은 비상사태입니다. 미국의 도움이 절실하게 필요한데 이 상황에서 미국이 상호 방위조약을 지키지 않겠다고 하면, 소파를 비롯한 방위조약이 파기될 것입니다."

"하지만 일본에는 주일 미군도 있고……."

"이해 못 하시나 본데, 미국은 한국과 상호 방위조약을 맺었습니다. 그리고 전시 작전권을 미국이 집행하는 겁니다. 그러면 당연히 주일 미군 역시 우리와 함께 일본에 맞서 싸워야지요."

"그건 말도 안 됩니다!"

"하지만 어쩌겠습니까? 이미 데프콘 3이 발령되었는데."

아무리 전시 작전권이 미국에 있다지만 데프콘 3의 발령
은 한국 대통령의 권한이다.

당연히 이 상황에서 미국 대사는 이러지도 저러지도 못할
수밖에 없다.

한국과의 조약에 따라 전시 작전권을 행사하면 일본과의
전쟁, 행사하지 않으면 한국과의 조약 파기가 기다리고 있다.

그리고 조약의 파기가 확정되면, 당연히 한국은 독단적으
로 일본과 전쟁하려고 할 것이다.

"본국에 상황을 물어보겠습니다."

"빨리 답변을 주시기 바랍니다. 저희도 전쟁에 대비해야
하니까요."

박기훈은 빙긋 웃으며 말했다.

⚖

미국의 화이트하우스에서는 심각한 분위기가 이어졌다.

태평양 방어 라인의 가장 중요한 나라인 한국과 일본, 그
두 나라가 전쟁에 준하는 대립을 하기 시작했기 때문이다.

"이거 어떻게 생각합니까?"

도널드 올드먼은 이제 막 대통령이 되어서 정치적 감각이 제로나 마찬가지였다.

차라리 양쪽 다 적이라면 상관없는데 양쪽 다 우방이라는 점에서 골치가 아파 왔다.

"당장 한국을 혼쭐을 내 줘야 합니다. 미국을 뭐로 보고!"

"아니, 한국이 뭘 잘못했습니까? 한국은 지속적으로 참아 왔고 이번 일도 규정대로 행사 중인 것뿐입니다. 그에 반해 일본 놈들은 우리가 하지 말라고 몇 번을 이야기했는데……!"

"일본은 지금 나라가 망하기 직전이란 말입니다."

"그렇다고 다른 나라를 침략해요? 왜요, 2차대전의 진주만공격으로 핵폭탄을 투하한 것에 대해 가서 무릎 꿇고 사과라도 하시지요?"

"여기서 그 이야기가 왜 나옵니까!"

"그렇지 않습니까? 그때도 경제가 안 좋다고 전쟁을 벌인 게 일본 놈들인데 이번에는 뭐 사정이 다른가요? 대상이 한국일 뿐이지."

"한국을 왜 그렇게 편들어 주는 겁니까!"

"그러면 이 상황에서 일본을 편듭니까? 대놓고 해상봉쇄하겠다고 함대를 운영한 게 일본인데!"

서로 싸우는 사람들을 보고 있던 도널드 올드먼은 소리를 버럭 질렀다.

"내가 언제 싸우라고 모이자고 했어? 해결책을 내놓으라고, 해결책을!"

"⋯⋯."

"도대체 일본 놈들은 뭐 하는 거야? 아니, 왜 전쟁을 못 해서 안달이야, 이 새끼들은!"

외교부 장관이 조심스럽게 입을 열었다.

"일본은 과거의 위세를 많이 잃었습니다. 그 때문에 한국과 일종의 자존심 싸움을 하는 겁니다."

"왜 하필 한국이야?"

"다른 나라와는 싸움이 되지 않기 때문입니다. 중국과 싸우려 해도, 중국이 경제제재를 가하면 못 버팁니다. 러시아 같은 경우는 막나가는 놈들이라 군을 동원하는 걸 너무 쉽게 생각하고요. 그에 비해 한국은 미국의 통제에서 벗어나지 못하니까⋯⋯."

외교부 장관은 한숨을 푹 쉬며 말했다.

"우리가 자기들을 편들어 줄 걸 알고 저러는 겁니다."

"망할 야베 놈, 정신을 못 차렸네."

도널드 올드먼은 이를 박박 갈았다.

그렇잖아도 국제 정세가 복잡한데 야베 때문에 상황이 아주 더러워졌다.

"그 두 나라들의 합의를 우리가 결정 못 하는 거야? 한국의 전시 작전권이 우리한테 있다면서? 당연히 합의권도 우리에게 있는 거 아냐?"

"그게 애매합니다. 아무리 작전권이라지만 말 그대로 부대의 지휘 문제일 뿐이지 전쟁의 종결은 아닙니다."

더군다나 미국이 그 전시 작전권을 인정하는 순간 상황이 애매해진다.

"그렇게 되면 일본은 우리 미국의 적성국이 됩니다. 현재 일본에 있는 주일 미군이 가장 먼저 공격의 첨병에 서야 합니다. 그렇게 되면 각 나라에서 주둔하는 모든 미군을 빼라고 난리가 날 겁니다."

주둔하고 있던 미군이 갑자기 돌변해서 아군에 대해 총질할 수 있다는 소리인데, 그걸 알면서 주둔하도록 가만둘 나라는 없다.

"일본은 우리의 그 작전권이라는 거 없어?"

"애석하게 일본의 전시 작전권은 소련에 대해서만 행사가 가능합니다."

한국의 전시 작전권은 상대가 어떤 나라든 간에 미국이 가지지만, 일본의 전시 작전권은 상대가 소련이 아니라면 미국이 가질 수 없다.

정확하게는 이제는 '러시아'지만 말이다.

그러니 미국은 일본을 통제할 수 없고, 당연히 국제조약에 따라 일본을 적대할 수밖에 없다.

"만일 우리가 일본을 선택하고 한국을 버린다면?"

"일본은 분명 기고만장해서 해상봉쇄를 실시할 겁니다.

지금 일본은 한국을 꺾을 수 있는 기회는 이번이 유일하다고
생각하고 있을 테니까요."

그렇게 되면 한국은 공식적으로 주한 미군을 나가라고 할
테고, 미국보다는 중국이나 러시아와 손잡게 될 것이다.

최악의 경우 한국은 자체적으로 핵폭탄을 만들 수도 있다.

누구도 믿지 못하게 되니까.

"그리고 한국을 배신하면 다른 나라들이 동요할 겁니다.
이번 사건을 보면, 잘못한 것은 일본이지 한국이 아닙니다.
한국이 먼저 일본을 도발한 적은 없어요."

물론 노형진이 일본을 자극한 것은 사실이지만, 노형진은
개인이고 사업가일 뿐 국가가 아니다.

더군다나 멀쩡한 나라를 쑤셔 놓은 것도 아니고, 일본이
감추던 추문을 공개하면서 문제를 해결한 것뿐이다.

그런 상황인 만큼 일본이 한국에 선공을 한 건 누가 봐도
명백하다.

"이런 상황에서 우리가 한국을 버리고 일본을 방어하면 다
른 나라에 배신자의 이미지가 생길 겁니다. 그리고 이제 시
대가 바뀌었습니다."

과거의 한국은 말 그대로 보병 숫자를 채우기 위한 나라일
뿐이었다. 산업적으로는 그다지 가치가 높지 않았다.

하지만 지금 한국은, 전 세계 반도체 생산량의 70% 이상
을 담당하고 있다.

당장 한국의 반도체 생산이 멈추면 전 세계 전자공업에 타격이 갈 정도다.

그걸 알기에 미국이 일본을 말린 거고 말이다.

하지만 일본은 그런 미국의 말을 듣지 않았다.

"더군다나 군사적인 부분에서도 한국은 과거와 다릅니다."

해군과 공군이 일본보다 부족하다지만, 그들이 다 모여서 방어하면서 이동한다면 대단위 병력을 일본에 상륙시킬 수 있을 정도의 능력은 된다.

"만일 한국과 일본이 전면전으로 들어간다면 한국이 승리할 가능성이 70% 이상입니다. 그 상황에서 한국이 우리를 배신하고 중국이나 러시아에 붙는다면 현실적으로 우리의 태평양 방어 라인은 무력화된다고 봐야 합니다."

물론 일본에서 방어하려고 하겠지만 그게 쉽지는 않을 것이다.

"최소한 거기에 항모 전단 두 대는 상시 배치되어야 한국의 빈자리를 메꿀 수 있습니다."

지금 한국은 주한 미군의 체류비를 내주고 있다.

심지어 미국은 그 돈 중 일부를 주일 미군에 쓰기도 하는 상황이다.

그런데 한국을 배신하게 되면 그 돈도 들어오지 않을 뿐만 아니라, 항모 전단을 일본에 주둔시켜야 하는 부담스러운 상황이 되어 버릴 수밖에 없다.

"가장 좋은 방법은 일본을 설득해서 사건을 종료하는 겁니다. 한국의 성향을 생각하면 사건이 종료되었는데 끝까지 전쟁하자고 물고 늘어지지는 않을 테니까요."

"맞습니다. 일단 일본 함대만 물러나게 해도 데프콘 상황은 정리될 거라고 생각합니다."

그 말의 말에 도널드 올드먼은 한숨을 푹 쉬었다.

"당장 이놈들을…… 하지만 이놈들이 말을 듣지 않을 것 같은데."

"말을 듣지 않으면, 말을 듣게 하면 그만입니다."

상황은 돌변했고, 문제를 해결하기 위한 방법은 하나뿐이었다.

마지막 산소호흡기

　야베는 설마 한국 정부가 데프콘 3을 걸 거라고는 생각하
지 못했다.

　그리고 데프콘 3의 경우 그 지휘권이 미국으로 넘어간다
는 걸, 그는 알지 못했다.

　물론 누군가는 그 사실을 알았을지도 모른다.

　하지만 그 문제가 자신들에게 영향을 주리라고는 전혀 예
상하지 못했다.

　"미국에서는 현재 데프콘 3 상황에 따라 한국의 전시 작전
권을 넘겨받았습니다. 이곳으로 한 개 항모 전단을 보낼 것
이고, 주한 미군과 주일 미군 역시 비상시 규정에 따라 전시
근무 상태로 들어갑니다."

주일 미국 대사의 말에 야베는 정신이 어찔해졌다.

갑자기 미군이 이 게임에 끼어드는 것을 이해할 수 없었기 때문이다.

"그게 무슨 말입니까! 파병이라니! 그럴 수는 없습니다! 그게 강제적인 것도 아니지 않습니까!"

"파병은 강제적인 게 아닙니다만 전시 작전권 문제는 명문화된 조항입니다. 한국이 데프콘 3을 발령한 이상 저희가 지휘권을 넘겨받아서 전쟁 준비를 하게 됩니다."

주일 미국 대사인 채임버의 말에 야베는 숨이 턱턱 막혔다. 설마 미국이 전쟁이라는 카드를 꺼내 들 줄은 몰랐으니까.

"하지만 채임버, 우리는 아무 짓도 하지 않았습니다."

"압니다. 이건 일본의 문제이기보다는 한국의 문제입니다. 한국이 데프콘 3을 발동한 이상 우리는 그들과의 조약에 따라 움직여야 합니다."

야베는 목구멍 아래에서부터 올라오는 말을 애써 참았다.

'그런데 왜 항모 전단을 보낸단 말입니까!'

데프콘 3에 따라 전시 작전권을 넘겨받는 것과 별도로, 비상시에 파병을 하는 건 강제 조항이 아니다.

사람들의 생각과 다르게 그 조항은 파병'할 수 있다'고만 되어 있다.

즉, 비상시 미국은 파병을 자기 마음대로 선택할 수 있다는 소리다.

'어째서 미국은 한국을 버리고 우리 편을 들어 주지 않는 거야!'

주한 미군이나 주일 미군의 비상근무 시스템은 이해가 간다. 일단 한국이 데프콘 3 상황이니까.

하지만 항모 전단을 파견한다는 것은, 일본더러 물러서라고 압력을 가하는 것이다.

극단적 상황이 아니라면 미국은 당연히 일본 편을 들어 주겠지만 극단적 상황이라면 예상할 수가 없다.

더군다나 지금은 조약에 묶여서 그 조약에 따라 행동해야 하는 상황.

그러니 외부적으로 봤을 때 미국이 일본을 버리는 것처럼 보이는 건 어쩔 수 없는 현실이었다.

어쭙잖은 편들기보다 확실한 건 조약의 이행이다.

조약을 이행하지 않는 국가는 다른 국가들로부터 신임을 잃게 되기 때문이다.

"챔버 대사! 이건 너무하지 않습니까! 우리는 미국의 동맹인데, 고작 한국 따위를 위해 우리와 전쟁이라도 하겠다는 겁니까!"

"고작이 아닙니다, 야베 총리."

챔버 주일 미국 대사는 진하게 말을 꺼냈다.

'그동안 너무 봐줬지.'

한국보다 상대적으로 일본이 중요한 건 사실이다.

하지만 그건 어디까지나 미국에 이득이 되었기 때문이다.

하지만 이번에는 야베가 선을 넘어도 너무 넘었다.

"한국에 대한 경제제재 문제는, 우리가 하지 말라고 하지 않았습니까?"

"하지만 한국이 북한에 불법적으로 무기를 수출하는 상황이었습니다!"

"그러니까 그 증거를 보여 달라고 하지 않았습니까?"

하지만 일본은 그렇게 주장만 할 뿐, 단 한 번도 그런 증거는 보여 준 적이 없다.

"저희도 나름 조사해 봤습니다. 도리어 일본이 북한에 불법적으로 수출한 흔적이 나오던데요?"

야베는 입을 꾸욱 다물었다.

일본의 상황이 좋지 않아서 어떻게 해서든 돈을 벌어야 했기에 몰래몰래 북한에 밀수출을 한 건 사실이었으니까.

"우리가 바보라고 생각하지 마십시오, 야베 총리. 우리는 예의를 지켰을 뿐이지 당신들에게 놀아날 정도는 아닙니다."

미국이 그 밀수출을 알면서도 모른 척해 준 이유는, 그걸로 일본에 경제 보복을 하는 것보다는 가만두는 게 미국에 더 이득이 되었기 때문이다.

미국의 주도하에 북한에 대한 수출 제재가 심각하게 이루어지는 상황이기에 규정대로라면 일본은 그에 대한 보복으로 경제제재를 받아야 한다.

"그런데 그걸 모른 척해 주니까 우리가 진짜 몰라서 그랬다고 생각하는 겁니까?"

"크읍, 그래도 그렇지, 우리한테 전쟁을 선포한다는 건……."

"우리는 일본에 전쟁을 선포한 적이 없습니다, 야베 총리."

"네?"

"우리는 한국이 데프콘 3을 발령했기 때문에 규정에 따라 전시 작전권을 넘겨받은 것뿐입니다."

다만 그 대상이 어디인지는 누구도 말하지 않고 있을 뿐이다.

"사과하시고, 문제를 해결하십시오, 야베 총리. 저희가 드릴 수 있는 조언은 여기까지입니다."

채임버 대사는 진지하게 말했다.

야베와 수차례 면담을 하고 이야기를 했지만 어느 때보다 무겁고 진지한 분위기였다.

"그럴 수는 없습니다! 한국이 먼저 사과하지 않으면……!"

"그렇다면, 방법이 없지요."

채임버는 거기서 뒤로 물러났다.

사실 사과하라고 말은 했지만, 그는 잘 알고 있었다. 야베는 결코 사과하지 않을 거라는 걸.

"그러면 이만."

돌아가는 채임버의 뒷모습을, 야베는 어쩔 줄 모르고 멍하니 바라볼 뿐이었다.

⚖️

그 시각, 한국은 말 그대로 초토화 작전을 쓰고 있었다.

야베는 자신들의 경제제재가 숨어 있는 친일파 세력의 숨통을 틔워 줄 거라 생각했다.

하지만 현실은 좀 달랐다.

경제제재에서 끝나고 서로 으르렁거렸다면 야베의 계획대로 되었을 것이다. 분명 일본에 산업적으로 기대고 있는 부분이 있었으니까.

하지만 야베가 자존심 때문에 해상봉쇄의 제스처를 취한 게 실패 요인이었다.

그 문제로 인해 한국 사람들은 현 상황을 전쟁 직전으로 받아들였고, 그 상황에서 일본에 우호적인 이야기를 하는 사람들은 사실상 반역도였다.

반일의 감정을 가지는 것과 전시체제로 돌아가는 건 전혀 문제가 다르다.

"그동안 숨어 있던 친일파들이 이번에는 진짜로 박멸될 모양이더군."

박기훈은 느긋하게 말했다.

"어이가 없을 정도로 심각해. 기자들은 아예 돈을 안 받아 처먹은 놈이 없는 수준이야."

조사 결과, 심지어 기자들은 주기적으로 일본에 돈을 요구하기도 했다고 한다.

"기본적으로 인간은 이권을 추구합니다. 아무리 좋은 말을 해도 그 사람이 이권을 추구할 가능성에 대해서는 감안해야 합니다. 세상에 좋은 사람도 있기는 하지만, 그보다는 그걸로 장사하려고 하는 사람들이 더 많습니다."

"그게 참 슬픈 말이군. 그나저나 일본에서 여전히 공격을 멈추지 않고 있네만. 어떻게 생각하나?"

"이미 일본은 멈출 수 있는 상황이 아닙니다."

언제나 일본이 한국보다 강하다, 그리고 일본은 우월하다고 외치던 야베다.

그런 그가 코너에 몰렸다고 쉽게 포기하지는 않을 것이다.

"더군다나 우리 쪽에서 요구한 건 일본 입장에서는 절대 받아들일 수 없는 것이지요."

물론 한국이 요구한 게 터무니없는 돈이나 일본 정치인들의 총사퇴 같은 건 아니다.

한국이 요구하는 것은 '공개적인 사과'.

차라리 돈을 주면 줬지 공개적인 사과는, 일본의 정치인들로서는 받아들일 수가 없는 것이었다.

그럴 수밖에 없는 게, 한국에 대한 공개적 사과는 일본의 세뇌를 풀어 버리는 역할을 하기에 충분한 파괴력을 가지고 있기 때문이다.

세뇌가 풀리는 정도가 아니다.

사실상 이번 일에 관련된 정치인들의 정치적 사형선고나 마찬가지였다.

도리어 총사퇴 요구보다 더 잔인한 요구였다.

만일 사퇴를 하면 기회를 봐서 다시 권력에 도전할 수 있 겠지만, 사죄를 하고 물러나는 경우 다시 도전하는 건 불가 능하니까.

"그러니 일본 정부는 여기서 절대 물러날 수가 없습니다."

"나라의 현 상황보다 정치인들의 정치인생이 더 중요하다 이건가?"

"안 그럴 것 같습니까?"

노형진은 피식 웃으며 말했다.

"정치인들에게 사이코패스 검사를 해 보면 나오는 수치가 얼마나 될 것 같습니까? 아마 너무 놀라서 말도 안 나올 겁 니다."

"끄응…… 하긴 그건 맞군. 이 바닥에서는 미치지 않으면 못 버티지."

과거 모 방송에 나와서 대놓고 '경제를 망쳐야 한다. 그래 야 우리가 권력을 잡을 수 있다.'라고 말한 게 정치인들이다.

기본적으로 정치인들에게 사이코패스 기질이 강한 것은 오랜 연구 끝에 나온 결과다.

"각하도 그런 부분이 없지는 않지요."

"부정은 못 하겠네."

박기훈이 사이코패스라는 건 아니다.

하지만 반쯤 미쳐서 날뛰는 타입인 것은 사실이다.

그런데 그런 그의 성향은 어떻게 보면 당연한 거다.

기회가 있을 때 내치지 않으면 도리어 역습당해서 죽는 것보다도 못한 신세가 되는 게 정치인들이다.

한때 국회의원까지 했던 사람이 다 무너져 가는 컨테이너에서 말년을 보내며 죽음을 기다리는 일이 있을 정도로, 권력은 비정하다.

"어찌 되었건 현 상황에서 한국이 할 수 있는 건 내부의 정리 정돈입니다. 전쟁에 준하는 상황이 벌어지고 있으니 친일파 세력이나 스파이 의심자들에 대한 제보가 미친 듯이 들어올 테니까요."

"그건 다행이야. 그리고 일본이 해상자위대를 항로에서 빼서 기항지로 복귀시켰네."

노형진은 고개를 끄덕거렸다.

"일본 정부 입장에서 가장 좋은 해결책은 여기서 티격태격하다가 흐지부지 끝내는 것일 겁니다. 사실 미국도 그걸 원할 테고요."

미국이 단순히 한국과 일본의 주둔군을 비상 상태로 두지 않고 항모까지 출동시킨 이유는 간단하다.

일본을 강하게 압박해서 합의를 도출해 내기 위해서였다.

"그런데도 버티는 걸 보면 진짜 욕심이 많은 것 같군."

"그럴 겁니다. 욕심이 없다면 이런 일도 일으키지 않았을 테니까요."

노형진은 고개를 끄덕거렸다.

상황이 이쯤 되면 항복할 만도 한데, 야베가 한 거라고는 오로지 봉쇄 위협을 하기 위해 배치했던 자위대를 조용히 뺀 것뿐이었다.

"그나저나 진짜 봉쇄를 했을까?"

"절대요. 전에도 말씀드렸지만 이건 서로 블러핑 싸움을 하는 겁니다."

좀 더 효과적이고 진짜처럼 보이는 뻥카를 치는 쪽이 이기는 싸움이다.

"한국 같은 경우는 블러핑의 효과가 높지요. 일단 봉쇄당하면 죽는 수밖에 없으니까요. 그이 반해 자위대의 해상봉쇄는 현실적으로 불가능합니다. 그렇게 되면 한국은 어쩔 수 없이 러시아나 중국 쪽으로 붙어 버릴 테니까요."

그걸 알기에 진짜 봉쇄는 하기 힘들었을 것이다.

"하지만 현재 야베의 유일한 치적은 한국 때리기라서요."

원래 야베의 여러 가지 추문이 터지려면 몇 년이 더 있어야 한다.

물론 그게 터져도 야베의 지지율이 50%가 넘는다는 게 문제이기는 하지만 말이다.

그러나 야베의 힘이 많이 빠지자 벌써부터 야베의 지지율은 쭉쭉 빠지고 추문도 계속 터지고 있었다.

'더군다나 전처럼 모든 걸 덮을 수 있는 것도 아니고…….'

전에는 그게 모조리 덮였지만, 이제는 그걸 덮을 수 있을 정도의 힘도 가지지 못한 것이다.

"야베 입장에서는 이번이 사람들의 시선을 돌릴 수 있는 마지막 기회였을 겁니다."

하지만 여기서 사과하고 물러나면 야베의 파멸은 확정적이다.

단순히 정권을 잃는 문제가 아니라, 야베의 경우는 징역을 피할 수가 없는 상황이 되어 버리는 것이다.

"최소한 야베는 사건을 덮을 정도의 시간이 필요하니까 한국을 공격하겠지요. 언제나 그래 왔고, 미래에도 그럴 겁니다."

"그러면?"

"그러니 우리는 싸우는 방식을 바꿔야 합니다."

"무슨 소리인가?"

"야베가 한국을 공격하는 건 자신의 범죄를 감추기 위해서입니다. 그러니 우리는 일본을 대상으로 싸우는 게 아니라 야베의 범죄를 대상으로 싸우기 시작해야 합니다."

"야베의 범죄?"

"일본의 한국 관음증을 역으로 돌려주는 거지요."

일본에서는 모든 사건이나 주제가 한국 위주로 돌아간다.

물론 좋은 말을 하는 건 아니다. 나쁜 말이 주를 이룬다.

가령 어떤 영화에서 가난한 집의 모습이 나오면 한국은 저렇게 가난하다면서, 아주 못 살 곳처럼 표현하는 게 바로 일본이다.

그 이상 가난한 일본의 상당수 국민들에 대해서는 거의 방송에 나오지 않는다.

"그에 반해 한국은 일본에서 뭘 하든, 한국과 딱히 관련이 없으면 그다지 관심을 가지지 않지요."

노형진은 미소를 지으며 말했다.

"설마……?"

"한국에서 야베의 범죄를 집중 보도하기 시작하면 야베는 아마 엄청 곤란할 겁니다."

노형진이 한국에서 가끔 써먹는 방법이다.

한국 언론에서 막힐 것 같으면 반대로 해외에서 터트린 후에 한국으로 가지고 오는 것.

'이번에는 반대인 거지.'

야베의 범죄를 한국에서 무차별적으로 터트리고 심층 수사를 하게 되면 그 소식이 인터넷을 통해 일본으로 퍼지게 된다.

'일본은 외부의 눈치를 엄청나게 보는 나라야.'

한국이나 다른 나라들과 대응 방법이 다를 뿐이다.

이것이 법이다

한국이나 독일 등의 나라는 외국에 잘못한 게 있다면 사과하고 반성하는 데 반해, 일본은 외부의 눈치를 보면서 그걸 지우고 역사를 부정하려고 하는 식으로 대응한다.

"우리가 야베를 공격하게 되면 대응은 둘 중 하나겠군."

첫 번째는, 전쟁을 불사하고 끝까지 간다.

두 번째는, 사과하고 그걸 은닉하기 위해 협상한다.

"하지만 두 번째일 가능성은 거의 없다는 건 아실 겁니다."

"예상은 하고 있네."

박기훈은 순순히 고개를 끄덕거렸다.

그럴 거였다면 야베도 시작도 하지 않았을 것이다.

"아마도 다른 수를 쓰기 시작할 겁니다."

"그건 아마도……."

"인터넷 통제겠지요."

독재자에게 있어서 가장 두려운 것은 바로 인터넷이다.

그래서 중국이 인터넷을 철저하게 막는 거다.

과거에 아랍의 봄 역시 인터넷으로 시작되어 민주화 운동으로 발전했다.

"더군다나 지금 일본에는 한국의 데프콘에 대해 아는 사람이 거의 없거든요."

"그건 나도 의외였어. 야베가 그걸 미끼 삼아 반한 감정을 더 강화할 줄 알았거든."

"저도 그렇습니다."

하지만 그 건에 대해서는 노형진도 예상하는 데 실패했다.

그 이유는 금방 드러났다.

"일본은 전쟁을 하고 싶어 하지 않으니까. 그게 원인인 것 같네요."

만일 한국이 일본과의 전쟁을 각오하고 데프콘 3이라는 초강수를 두는 경우, 노형진이 예상한 일본의 대응책은 두 가지였다.

하나는, 내부 세력이 뭉쳐서 한국에 저항하려고 하는 것.

다른 하나는, 전쟁에 대한 공포심을 가지고 있는 세력이 야베를 몰아내려고 하는 것.

"그리고 생각보다 후자의 세력이 더 강한 거죠."

실제로 노형진이 일본에 여러 가지 소문을 냈을 때 가장 격렬하게 반응이 일어난 건 바로 일본의 징병제 도입에 관한 건이었다.

당장이라도 한국과 전쟁해야 한다고 주장하던 극우 세력들이 갑자기 평화는 소중하다고 외치기 시작한 것이다.

그만큼 그들은 전쟁을 두려워한다.

"그들은 한국을 그냥 도구로, 외부의 적으로 두고 싶은 거죠, 진짜로 싸우고 싶은 게 아니라. 그 덕분에 우리가 이득은 봤습니다만."

일본에서 그 소식이 거의 전해지지 않았기 때문에 정작 한류 같은 게 거의 타격이 없었다.

"그러니 우리가 야베의 범죄를 집중적으로 보도하기 시작하면 아마 그는 말문이 막힐 겁니다. 그리고 외부적으로는……."

"데프콘 상향을 걸고 미국과 협상해야지."

데프콘 2는 준전시 상태, 즉 전쟁이 완벽히 코앞으로 와 있다고 판단되는 상태다.

"미국 입장에서는 어떻게 해서든 데프콘을 상향하는 걸 막아야 하고요."

그러니 박기훈이 미국에 내줄 게 생긴 것이다.

데프콘 2로의 상향 포기.

물론 미국도 자신들이 당한다는 걸 모르지는 않을 것이다.

'하지만 세상에는 알면서도 당할 수밖에 없는 게 있지.'

미국의 능력이면 지금 박기훈이 뻥카를 날리고 있다는 걸 모를 수 없다.

하지만 안다고 해도 막을 방법이 없다.

여기서 그걸 풀지 않는다고 압력을 행사하기 시작하면, 그때는 진짜 미국에 대한 동맹 의지가 사라질 수도 있기 때문이다.

"일단 미국은 동맹이니까 너무 몰아붙이는 것도 좋지 않습니다. 하지만 이번 기회에 확실하게 선을 그어 두셔야 하는 건 맞습니다."

'더군다나 도널드 올드먼은 확실히 돈만 바라는 타입이란 말이지.'

원래 사업가 출신인 도널드 올드먼은 정치조차도 사업으로 보는 성향이 강했다.

그 때문에 한국에 터무니없는 주한 미군 주둔비를 요구했다.

툭 까고 말하면 사실상 주일 미군의 주둔비까지 한국에 뒤집어씌워도 그 돈이 안 나오는데, 그는 그 돈을 뜯어내기 위해 한국에서 주한 미군을 빼겠다고 온갖 뻥카를 다 쓴 것이다.

'그쪽에서 뻥카 쓰는데 우리라고 쓰지 말라는 법 있어?'

이번 기회에 데프콘 3을 미끼로 협상해 두면 도널드 올드먼도 돈을 달라는 소리는 하지 못하게 될 것이다.

"그리고 그사이에 한국의 언론에서는 야베의 추문을 계속 때린다?"

"그렇습니다. 일본에서도 인터넷이 익숙한 세대는 당연히 그 뉴스를 쉽게 접하겠지요."

그리고 그때부터, 야베의 지지율은 급속도로 떨어질 것이다.

"결국 이번 싸움에서 야베는 그 무엇도 얻지 못하고 지게 될 겁니다. 후후후."

⚖️

"이게 무슨……. 이거 어떻게 된 거야? 죄다 내 이야기잖아? 아니, 한국은 일본 정세에 그다지 관심이 없는 거 아니었어?"

이것이 법이다

한국의 주요 언론들이 갑자기 떠들어 대기 시작한 야베의 추문들.

뇌물 수수는 기본이고 횡령 등 야베의 온갖 범죄들에 대해 한국 언론에서 떠들어 대자 도리어 역으로 그게 일본으로 조금씩 들어오기 시작했다.

"시중에서 어떻게 못 막는 거야?"

"막을 방법이 없습니다. 그나마 공중파 뉴스는 막을 수 있겠지만……."

텍스트나 화면 캡처 같은 건 너무 빨리 퍼지고 있어서 도무지 막을 수가 없었다.

"어떻게 이런 일이……."

그가 한국을 공격한 이유가 뭔가?

바로 그 자신의 추문을 덮고 경제적 실책을 감추기 위해서 아닌가?

그런데 도리어 한국에서 그걸 이렇게 더 크게 떠들어 댈 줄은 몰랐다.

"젊은 층의 지지율이 무서울 정도로 떨어지고 있습니다."

보좌관은 야베의 눈치를 보면서 진지하게 말했다.

"일단 각 인터넷 회사에 말해서 데이터 전송 속도를 최대한 늦추라고 했습니다만……."

데이터가 느려지면 당연히 관심을 가지는 쪽부터 보게 된다.

그렇잖아도 느린 일본의 데이터다.

그런데 한국에서 오는 패킷에 손댄다면 한국에 대한 관심은 더더욱 멀어지는 것이다.

"젠장, 이걸 어쩐다."

야베는 입술이 바짝바짝 말랐다.

그의 입장에서는 현 상황을 해결하기 위해 한국에 무리하게 싸움을 건 것인데, 한국의 이번 대응은 이제까지와는 전혀 달랐다.

정권이 바뀐 것도 있다지만, 그래도 전혀 예상하지 못한 방법이었다.

"각하, 이 상태로는 다음 선거에서 우리가 불리해집니다."

"으음……."

"진짜로 주요 의석을 잃어버리면 그때는……."

딱 한 번 정권이 바뀌었지만, 그때는 반대 정당들이 워낙 준비가 되어 있지 않아서 되찾아 올 수가 있었다.

야베의 반대 정당들은 그 세력이 작고 중구난방이라 서로 싸우다가 다시 권력을 빼앗긴 것이다.

"하지만 요 근래에 뭉친 놈들은 위험합니다."

말도 잘하고, 지역별로 사업하면서 이름도 알려 났다.

그리고 그들은 서로 협력하면서 야베의 세력을 몰아내고 있었다.

그 뒤에 노형진이 있는 건 어떻게 알아냈지만, 그렇다고 딱히 그들을 막을 수 있는 방법이 있는 것은 아니었다.

"방법은 하나뿐입니다."

부하의 말에 야베는 입술을 깨물었다.

"적당한 사람이 있나? 작은 사건으로는 안 될 거야."

"네, 가능합니다."

야베는 고개를 끄덕거렸다.

자신의 행동을 감추기 위해 한국을 건드렸다.

그러나 한국으로 안된다면. 결국 다른 방법을 찾아야 한다.

"적당한 희생양을 찾아보게."

"알겠습니다, 각하."

부하는 고개를 끄덕거렸다.

그러나 야베는 몰랐다, 그가 이런 식으로 나오기를 노형진이 기다리고 있었다는 사실을.

그의 마지막 숨통을 끊을 시간이 다가오고 있었다.

다음 권으로 이어집니다

꿈의 도약, 로크에서 하십시오
(주)로크미디어에서 신인·작가를 모십니다

즐거운 세상, 로크미디어는 꿈을 사랑하고 도전을 두려워하지 않는 작가 분들의 참신한 작품을 기다리고 있습니다. 21세기 장르 문학계를 이끌어 갈 차세대 선두 주자 (주)로크미디어에서 여러분의 나래를 활짝 펴 보시길 바랍니다.

모집 분야 판타지와 무협을 포함한 장르 문학
모집 대상 아마추어 작가, 인터넷 작가
모집 기한 수시 모집
작품 접수 시 유의 사항
1. 파일명은 작가명_작품명.hwp형식을 갖춰 주십시오.
1. 파일에 들어갈 내용은 다음과 같습니다.
   − 성명(필명인 경우 실명을 밝혀 주세요), 연락처, 이메일 주소
   − 제목, 기획 의도
   − A4용지 1장 분량의 등장인물 소개
   − A4용지 2장 분량의 전체 줄거리
   − 본문
1. 작품이 인터넷에 연재되고 있다면, 게시판명과 사이트의 구체적이고 정확한 주소를 기재해 주십시오.

선택된 작품은 정식 계약 후 출판물로 간행되어 전국 서점에 유통됩니다.
작가 분은 (주)로크미디어의 전폭적인 지원하에 전속 작가로 활동하시게 됩니다.
※ 자세한 내용은 로크미디어 홈페이지(rokmedia.com)를 참조하세요.

(03920)서울시 마포구 성암로 330 DMC첨단산업센터 3층 318호
(주)로크미디어 편집부 신간 기획 담당자 앞
전화 : 02) 3273-5135
www.rokmedia.com   이메일 : rokmedia@empas.com

활 쏘는 대마법사

한시웅 퓨전 판타지 장편소설

**거침없는 팩트 폭격으로
드래곤조차 눈치 보게 만드는
극강의 꼰대! 아니, 최강의 궁신이 나타났다!**

유일하게 '신'이라 불리는 무인, 궁신 하철혁
자격을 시험받다 우화등선에 실패해
새로운 세상에서 눈을 뜨는데……

내공이 한 줌도 없다?

제로부터 시작하는 이세계 생활에 놀람도 잠시
처음으로 아버지라 느낀 존재가 살해당하고
그 뒤에 모종의 음모가 있음을 알게 되는데!

**이세계에서도 궁신의 신화는 계속된다!
군필도 두 손 두 발 드는 FM 정신으로
안 되는 것도 되게 하라!**

기어코 무대로

공원동 현대 판타지 장편소설

"관심을 받으면 집중이 잘돼요."
사상 최강의 관종(?) 싱어송라이터가 나타났다!

데뷔 직전 사고로 인해 모든 것을 포기한 도원경
삼 년 뒤, 그에게 기적이 일어났다?

사람들의 시선을 받으면 능력이 발현!

너튜브 영상이 대박 나고
서바이벌 오디션 출연 제의까지?

도원경 사전에 더 이상 포기는 없다!
좌절을 딛고, 『기어코 무대로』!